JN122790

私の栄養学

―台湾から嫁いで四十年―

伊藤桂枝

私たちの料理

職場にて

カップネーゼ

私たちの料理

職場にて

私たちの料理

モロッコ料理

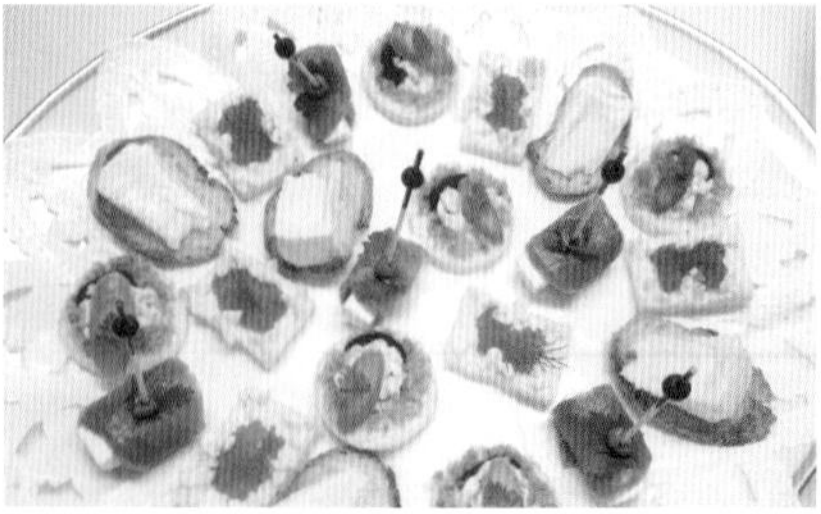

カナッペ

ナスのサラダ

トマトサラダ

トマトとピーマンのサラダ

前菜盛り合わせ

モロッコのパン

チキンのタジン

レモンチキン

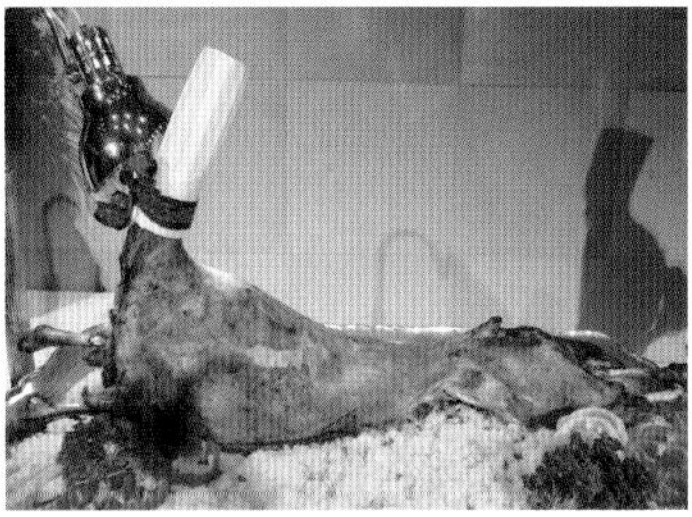

メシュイ（仔羊の丸焼き）

クスクス

真鯛のアルガンオイル焼き

デザート（ミルフィーユ）

オレンジウォーター漬

私流の料理

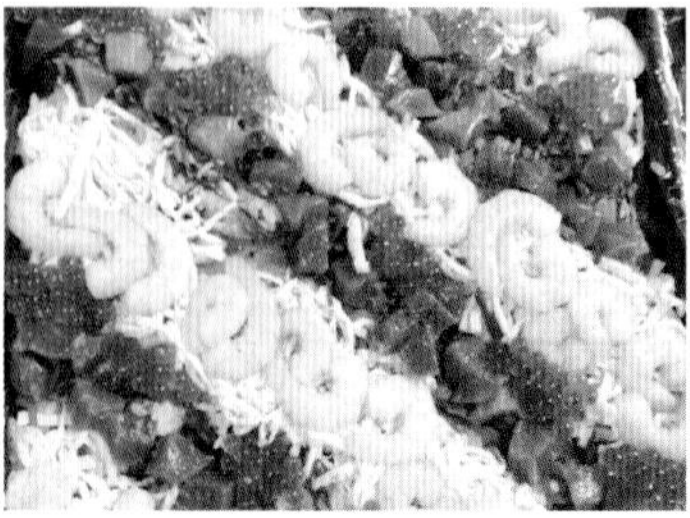

ちらし寿司

くるみご飯

栗ご飯

竹の子ご飯

お赤飯

はじめに

近くに多摩川が流れ、少なくなりましたが畑も残る東京の郊外に暮らしています。この地にも、春近くなると梅の花がほころび始め、かぐわしい匂いを漂わせます。多摩川の土手に沿った散歩道は整備され、サイクリングする人が増えました。真冬の澄みきった朝には、ことさら富士山がよく見えます。桜の木もたくさんあって、季節になるとお花見でにぎわいます。夏には筏《いかだ》レースや花火大会も催《もよう》されます。かつてはボートに乗ることもできました。ママ友が集まって、子どもたちときれいな石を探しあい、ボール遊びをし、鳩に餌をあげ、バーベキューもできました。

自然がいっぱいの野川は様々な鳥の生息地でもあり、澄んだ流れは夏休みの学生にもってこいの生態調査の場所になっています。仙川も両岸の桜が満開になると、水に映って美しく、散れば花筏になって鯉と戯《たわむ》れ流れ、とてもきれいです。かつて小田急線沿いに多摩川から野川、仙川へジョギングしていた時のことです。喜多見駅から成城学園駅の中間辺りに野川を渡る歩道橋があります。望遠レンズを付けたカメラで何人もの人が写真を撮っていました。聞いてみると、カワセミを写そうとしているのでした。カワセミは翡翠とも書きますが、光り輝く彩りをまとい、可愛らしく美しい姿で飛んでいます。川にいる小魚を小さな嘴で巧みに捕らえてのみこむ様子に、思わず拍手してしまいました。カワセミを追い、二子玉川方面まで行った楽しい時間でした。そうした日常のささやかな楽しみも、コロナ禍で自粛となり私自身も遠ざかりました。

早くも還暦を過ぎた私が栄養士の資格を取ろうと奮い立ったのは、もともと好奇心が強く常に何かに挑戦したい気持ちがあるからでした。また、二人の子どもを育て、主婦を何十年もしてきた私が働き始めて感じたのは、経験があってもこれが私ですというものが何もないということでした。台湾で生まれ育った私には台湾の高校卒業の資格はあっても、日本の教育を受けていないことや、言葉足らずで思いを上手に伝えられず、今まで数えきれないほどもどかしさを抱いたことも、日本の国家資格を取ることにとても魅力を感じた理由でした。

何より実家が食堂を営んでいたので食について興味があり、母が四十九歳の若さで病気で亡くなったこと、私自身も病気を経験し、人が生命を健やかに育《はぐく》むための生きる基本でもある食について、もっと詳しい知識があれば病気を未然に防げるのではないか、さらに深く知識を得ることで何か人の役に立てるのではないか、という思いを抱いたからです。二〇二一年一月栄養士の資格を取るために短大で再度の保健介護福祉論を履修し、期末の最終試験をようやく終えることができました。二〇二〇年の春に、相模女子大学短期大学部を卒業と同時に栄養士の資格も取れるはずでしたが、無事に短大を卒業はできたものの、この教科の二単位が足りなくて資格が取れず、再度チャレンジをしていたのです。そして、試験結果を待っているあいだ、私の脳裏に浮かんだのは、これまでの人生を振り返りながら自分を見つめなおそうと、自伝の執筆を試みることでした。

便利になったもので、二〇二一年二月十二日にインターネットで大学にアクセスし、保健介護福祉論の単位取得を確認でき、今までの努力が報われた思いで胸をなでおろしました。後日、栄養士資格の免状を手にした時は感慨もひとしお。免状には小池百合子東京都知事の名前が記されています。因みに二〇〇九年に取得した調理師免許には石原慎太郎都知事の名が。これは今を生きる時代のしるしとなるように思いました。

目次

目次

第一章

短大入学に向かって

十数年来、調理の現場で働きながら、次の段階として栄養士という仕事に興味を抱き始め、どうすれば資格が取れるのかを調べてみました。すると、相模女子大学に社会人特別選抜として学びの門戸《もんこ》が開かれていて、その中の短期大学部の食物栄養学科を卒業し、必須科目単位を取得すれば栄養士の免許取得ができることを知りました。そして、二〇一七年八月に入り、具体的にどのようにすればいいのか、大学の学生課に問い合わせてみると、台湾での学歴と調理師の免許を持っていたこともあって、短大受験の資格のあることが分かり、胸に火の灯る思いがしました。とにかく、大学とはどんなところなのか詳しく知るためにオープンキャンパスに出かけてみました。

こちらの大学は、私の住んでいる最寄り駅から小田急線一本で通える便利なところにあります。季節は夏から秋へと移ろい空が高く感じられる頃、木漏《こも》れ日を落とす木陰に涼しい風のわたる広い校内に、若々しい学生たちの華やぎを感じながら説明会場へ。六十代の私でも大学に入れるものなのかということや、栄養士になるための資格取得についてなどの質問や心配事などをいろいろとご相談すると、その時に対応して下さった先生に「情熱があれば入れます！」との力強い言葉を掛けられました。私は情熱を取り柄と自負しているので、「こんな先生のいらっしゃる学校で学びたい！」という熱い想いがふつふつと湧きあがってきました。その後、食品学の模擬授業を体験したところ、想像以上に授業がとても興味深く、この大学で学んでいこうという強い手ごたえを感じました。そして女子大生たちがさざめきあいながら行き交う姿に、自分がキャンパスを闊歩する姿を重ね合わせ、学生生活を思い描くとわくわくとした胸の高鳴りを覚え、今すぐにでも通いたいような気持になりました。

自分の意思を固めた後は、家族の説得です。すんなりと賛成してもらえるとはいかないまでも、条件として提案されたのは〈健康であること〉。少しばかり心配を抱えていた健康面での憂いについて、健康診断を受け、何事もなければ短大に通ってもよいと譲歩してもらえました。それならば、とすぐに手筈《てはず》をととのえ医療機関を受診。しかし、結果は意に反して悲しいかな、なんと卵巣腫瘍が見つかってしまったのです。それを機に年末に緊急入院をして手術となり、二〇一八年のお正月は病院で迎えました。思いがけない展開でしたが、この健康診断がなければ発見が遅れて、悪化していた可能性も考えられます。短大に入るという目標が、病気の早期発見、早期治療に繋がったといえる出来事でした。

年が明けて退院し、すぐに社会人枠の入学願書を提出した後、無事に届いた面接試験通知書を手にした時に、やっと心弾む嬉しい新春になりました。

病み上がりの万全ではない体調での短大受験について、家族や友達からもっと身体を養生してはと驚かれつつ、今この機を逃せば、あと一年待たねばなりません。自分の年齢を考えると早ければ早い方がよい、と逸《はや》る気持ちが勝りました。〈短大に行って栄養士の免許を取る〉という目標への強い思いが、私の原動力でした。

二月中旬に行われた面接試験当日、病後の体力回復を目指してはいても、さすがに身体は痩せてしまって、まだ軸の定まらない身をひと回り弛んだスーツで纏《まと》い、おぼつかない足取りを立て直すために気を引き締めて試験会場に向かいました。

二人の面接官を前にして、緊張で早鐘のように打つ鼓動に、鎮《しず》まれ鎮まれと深呼吸。オープンキャンパスで鼓舞された「情熱があれば入れます」という先生の言葉を胸に、心を落ち着かせながら質問に丁寧に答えました。そのうちのひとりの男性面接官が鋭《するど》く私の弱点を指摘。それは日本語の読み書きについてです。読んだり聞いたりすることは三十五年ほどの日本での生活で身につけていましたが、文章を書くのは苦手でした。それでも〈栄養士の免許を取る〉という強い思いでその場を乗り越えました。調理師免許を取っていることも読み書きに支障がないという証明になったのか、なんとか無事に合格を果たしました。

花の女子大生

二〇一八年春、晴れて入学を果たし、空に桜の花びらの舞い始めた頃、花の女子大生となった私は、若い人たちに交じり大学のある相模大野に通い始めました。

ところが、通い始めてうきうきとしていたのはほんの最初の頃だけ。葉桜が茂る頃になると、短大を卒業し栄養士資格を取るということを少し安易に考えすぎていたと、身をもって感じるようになるのでした。

私の在籍する食物栄養学科は一クラス四十二人で、高校や専門学校と違うのは、決まった教室ではなく、教科ごとに学生が指定された教室に移動することです。広いキャンパスなのでこの移動に時間がかかるのですが、木立の間を歩いているうちに疲れた心身がほぐれて、次の講義へのリセットになっていました。一コマ九十分、午前九時から始まり、五限の終りは十七時五十分。二年間で栄養士の資格取得を目指す短大では、月曜日から金曜日までみっちり授業を受けます。

二限と三限のあいだが昼食の時間で、学生食堂にはお手軽価格でランチ定食などが食べられ、校庭では昼限定の移動式売店でお弁当やサンドイッチ、パン類、お菓子、飲み物を買うことができます。ところどころに学生が自由に集えるラウンジがあって、備えられたパソコン機器で勉強ができるほかに、ここにも食事や軽食の売店があり、レンジもあるので、お弁当を温めて食べることもできるのです。短いお昼時間を有効利用するために、ほとんどここで食事を摂ってリフレッシュした後、三限の授業に向かいました。他の学生たちもそれぞれに工夫しながら貴重なお小遣いを上手に使って、くつろぎのランチタイムを楽しんでいました。

短大での講義は、今まで見たことや聞いたことのない言葉が出てくる専門教科ばかりで、理解することは簡単ではありません。ただ、難しい授業であっても、それぞれの科目の講義はどれも興味深く、知的好奇心をくすぐられるものばかりでした。なぜなら自分の知らないことを学べるからです。知らないことを学ぶのはとても面白く、今まで使っていない脳が活性化し働き始めるような気がします。

印象的だった科目や知識を紹介してみると、まずは、解剖生理学。この科目は私にとってとても面白く、血液、脳、心臓、腎臓、肝臓、胃、呼吸器、消化器官、骨の構造や働きなど人の身体の機能や仕組みを学びます。骨髄《こつずい》で作られる血液の寿命は一二〇日（四か月）だという話には、日々の食生活が私たちの血肉を作っていることを実感しました。マウスを解剖する実験では、恐々としながら、小さな生き物から内臓のつながりや働きを教えられた貴重な経験でした。

次に、栄養学。この科目で学ぶことは主に消化と吸収についてです。日常の食事と直結していて、栄養士としての筆頭科目であり、きちんと知っておくべき内容だと強く感じる講義でした。例えばビタミンには脂溶性と水溶性があり、脂溶性はビタミンA、D、E、Kの四種類。油に溶けるが水には溶けないため過剰に摂りすぎると消化しきれず身体に溜まっていくので、栄養があるからと取りすぎてもよくないのです。水溶性であるビタミンC、B群は、吸収後はタンパク質の酵素を活性化させる働きをもち、特にビタミンCは抗酸化作用があり、コラーゲンの生成や保持、骨や血管を補強する役割があります。日本人の鈴木梅太郎が発見したチアミン（ビタミンB1）は脚気《かっけ》医学を大いに躍進させたことなども学びました。栄養学は実人生でも活かされる興味の尽きない内容でした。

二年間の中で最も苦労したのが生化学です。タンパク質、糖質、脂質、ビタミンなど各栄養素が、細胞でどのように分解され働いているのかを化学的側面から研究する科目です。ニコチンアミドアデニンジヌクレオチドのようにカタカナの羅列した聞き馴染みのない専門用語が多く、担当の教授は、ただ書き写すだけ、覚えるだけの板書を嫌い、理解を求めていましたが、私にとって理解するにはかなりの時間が必要で講義について行けず苦戦しました。そんな中でも、興味を惹《ひ》かれたのは、各栄養素が代謝する過程の仕組みを学び、例えば、糖質と一緒にビタミンB1をとった方がよい理由を代謝の過程から学び、タンパク質が分解されて生じるアミノ酸（トリプトファン）が幸せホルモンで有名なセロトニンになることを知り、食事はお腹を満たし身体を作るだけではなく、心にも深く関わるということ、食が人を育てていくのだという真の意味での食育を学べる内容でした。未だに分からないところも多く、日ごろ口にする食への知識を得るために機会があればもっと勉強したいという気持ちが湧いてきます。

これらの講義の面白さに反して、ただただ苦手なのが試験で、悩みの種でした。十年前に学んだ調理師専門学校の経験では、同級生の皆さんから授業のノートを貸してもらい、宿題の書き方の伝授、試験の模擬問題のやりとりの練習など、いつも助けあいながら、皆が仲良く和気藹々《わきあいあい》として学校生活を楽しんでいました。同じようなイメージを思い描いていたのですが、しかし、現実はその頃の感覚とはまったく違っていたのです。専門学校は年代層の厚さや、男女共学などの違いもあるかと思うのですが、短大でも最初の頃こそは、みんなが分からない者同士なのでいろいろと助けてもらっていたものの、若い女の子たちはすぐ同年代の親しいグループが出来上がり、その中に入っていけないような空気がありました。声をかけて質問しても教科書に書いてあるから、とか、先生に聞いて、など次第につれない返事で、同じく社会人から入った方もいましたが、わが道を行くようなタイプで友達になれるような雰囲気ではなく……。少しずつクラスの中で取り残されたようなさみしさを感じるようになっていったのです。多分クラスメイトたちもそれぞれが難しい講義について行くために必死で、ほとんどがアルバイトをしながら多忙ななかでの勉学に、自分のことで精一杯だったのだろうと思います。

そんな日々に明け暮れ、課題のレポートを仕上げるために、毎日のように図書館に通い宿題をしていたある日、一学年上の先輩、泉山衿花さんに出逢い、それこそ私に一条の光が差したようでした。まさに救世主が現れたようで、私を導いてくれる女神的存在となったのです。その方は短大から大学に編入され、勉学に勤《いそ》しむ意欲的な方で信頼に余りある女性でした。

栄養士としての仕事に活かせる献立を作り、それぞれの料理のカロリー計算をしてまとめるレポート作りは、毎週のように提出しなければならず、これは先輩のアドバイスにとても救われました。そして夜遅くまで呻吟《しんぎん》しながら作ったこのレポートのノートは、今となっては私の短大時代の宝物となっています。

しかし、指導して下さる味方が現れたとはいえ記憶力の低下、理解力の低さ、学力の差は如何ともしがたく、そのハンデを乗り越えるため、人よりも努力をしなければ追いつけないと自覚していたので、全ての授業の録音をして、家に帰ってから復習するという夜更かしが日常のような毎日、ハンデをカバーするのに必死でした。

　苦手な試験では、巧妙な問題に加え、緊張もあって混乱して答えが導き出せなくなってしまうので、その対処法として、記憶して答案を書く試験では何度も問題集を読み込んで練習を重ね、設問をよく考えて書く。レポート形式の試験には、今までの文例を参考に自分なりの工夫を凝らすようにしましたが、いざ答案用紙を前にすると、頭が真っ白になり、何か字を書いて埋めましたが、成績を見て点数をくれたのだと胸をなでおろしました。祝日、土曜日、日曜日、冬休み、夏休みなどの大学の講義がない日は、今まで勤めていたホテルでのアルバイトを調理の腕磨きのために続けていたので、言ってみれば二年間ずっと休みなしの日々でした。幸いに風邪などひかずに過ごすことができたのは、気力が充実していたからでしょうか。また、リュックにずっしりと重たい教材を背負って、電車に間に合うように急ぎ足で通う日々のなか、他大学もある学生の街の相模大野駅に降り立ち、若々しく元気の源のような活気あふれる空気を浴びることで、挫《くじ》けそうになる気持ちを鼓舞し、二年間を通い続けることができたように思います。

　しかし、人生そうそう甘くはなく、二〇二〇年三月、二年間の勉学を終えて卒業単位には達したものの、二年生の後期授業でもある保健介護福祉論の単位が取れず、結果として栄養士の資格を逃してしまったのです。情けなくも無念なるかな……。

ここで諦めては今までの苦労が水の泡となり報われないのはあまりに悔しく、不足分の単位を取ろうと前向きに考え、特別受講生として後期の保健介護福祉論の授業を再度受講しようと決意しました。しかし二〇二〇年度は、春先からコロナ禍の影響により、大学では全ての授業が対面からパソコンを使ったリモートに変わり、オンライン配信の講義となってしまったのです。それでも自宅で行うパソコンの授業は決して苦手ではなく、私はむしろ集中して講義が聴けるように思いました。しかし実際にキャンパスに通い、若い学生たちと共に活気に満ちた教室で授業を受け、大いに刺激を受けていたことを思うと、今の学生たちがキャンパスに通えず、級友に実際に会えない悲しさは想像に余りあります。大学に入って勉学に勤しむというのは学生の基本ですが、やはり多くの学びのなかで、実際に会って顔を見ながら友情を温めあうという交流には、何物にも代えがたい時間がつまっているように思います。

現に図書館で出会えた心優しい先輩や、思いがけない素敵な方々との出会いもありました。その方は、同じ大学に聴講生として来ていた同年代の女性でした。

入学後、五月の連休が終わり、初夏の緑に梅雨時の雨のにおいが混じり始めた頃、ラウンジで昼食を取っていた時に出会ったのが聴講生の高橋万理さん。「先生ですか？」と声をかけられたことをきっかけに話が弾み、お昼を一緒に食べるようになり、いつしか私の精神的な支えになっていました。彼女は、小学校の教員を退職され、自分の学びたい分野を週に一度だけ聴講に来られていました。髪形や服装に気を使われ、若々しくとてもおしゃれできれいで凛とした姿に、自分を高めようという気持ちが伝わってきます。篆刻《てんこく》などもされている多趣味な方。賢い人のお話を伺っていると自分にはなかった世界が見えて、お会いするたびその情熱に刺激を受け、長生きできるような気持になりました。

また、テキスタイルを学ぶために社会人から大学に通っておられた佐脇とし子さんとも友達になることができ、裂《さ》き織《お》りという日本の伝統的な手仕事の技法があることを知りました。それは、古い着物を裂いて糸にして織物として再生するものです。素材は主に絹ですが綿やウールなども使われ、ベストやコート・ワンピースなど、新しくセンスの良い服に仕立てられたものを見ると、女性ならではの地道な手仕事の技術を活かした能力に魅了されます。そんな方々との出会いがとても嬉しく、私の好奇心に火をつけ元気を分けていただいたように思います。栄養士免許を取るだけではなく、多様な自己実現のために頑張っておられる女性と友達になれたのは、短大に通って得た大きな収穫でした。

第二章

台湾での暮らし

私の実家は台湾で、原種のマンゴーのような形をした台湾島の真ん中よりも西南寄りに位置する嘉義《かぎ》という街で育ちました。台湾島はユーラシアプレートとフィリピン海プレートがぶつかって隆起したといわれ、南北を背骨のように貫く中央山脈を含めた五本の山脈があり、山々は険峻《けんしゅん》で三千メートルを越える高山も数多く、玉山山脈の最高峰玉山は標高三九五二メートル。台湾島は日本側の東側に山が多く、平野は西南側に広がっています。環太平洋火山帯なので、日本と同じく地震も多いのです。一年を通して暖かい亜熱帯気候の地で生まれ育ったためか、何年たっても東京の冬の寒さは苦手で、冷え込む朝にお湯を沸かし一杯の白湯を飲んで身体を温めると、まだぼうっとしている身体が隅々まで目覚めていくようです。それでも日本で暮らし初めて数年後の冬に里帰りしたときには、皆が寒い寒いと言って厚いコートを着ていてもこれくらいなら寒いうちに入らないなと感じるほど、私の身体も日本の気候に馴染んでいることを実感しました。

私が小さい頃は軍人の父の仕事で台湾国内の駐屯地を転々としていたのですが、小学校進学前に嘉義の市内にある台斗街の正義新村に落ち着きました。子どもの頃の最初の記憶として残っているのはこの頃からでしょうか。

正義新村というのは陸軍軍人とその家族が住む十八戸ほどの村で、大人と子どもたちを合わせて五十人から六十人ぐらいの小規模な社会です。

台湾は沖縄と同じように台風の通り道でもあり、その頃の建物は飛ばされないように丈夫な平屋の煉瓦造《れんがづく》りに漆喰壁で、床はセメント。煉瓦の家は陽の光と熱を遮《さえぎ》るので、外は暑くても室内はひんやりと涼しく感じられます。そんな家々が道に沿って並び、それぞれ垣根に囲われ内庭があって花や植物を育てていました。わが家は後から入ったので住宅街の端にあり、家や敷地が特に広かったように記憶しています。

映画などでご存じかもしれませんが、台湾も部屋の中は靴を履いたままの生活で、

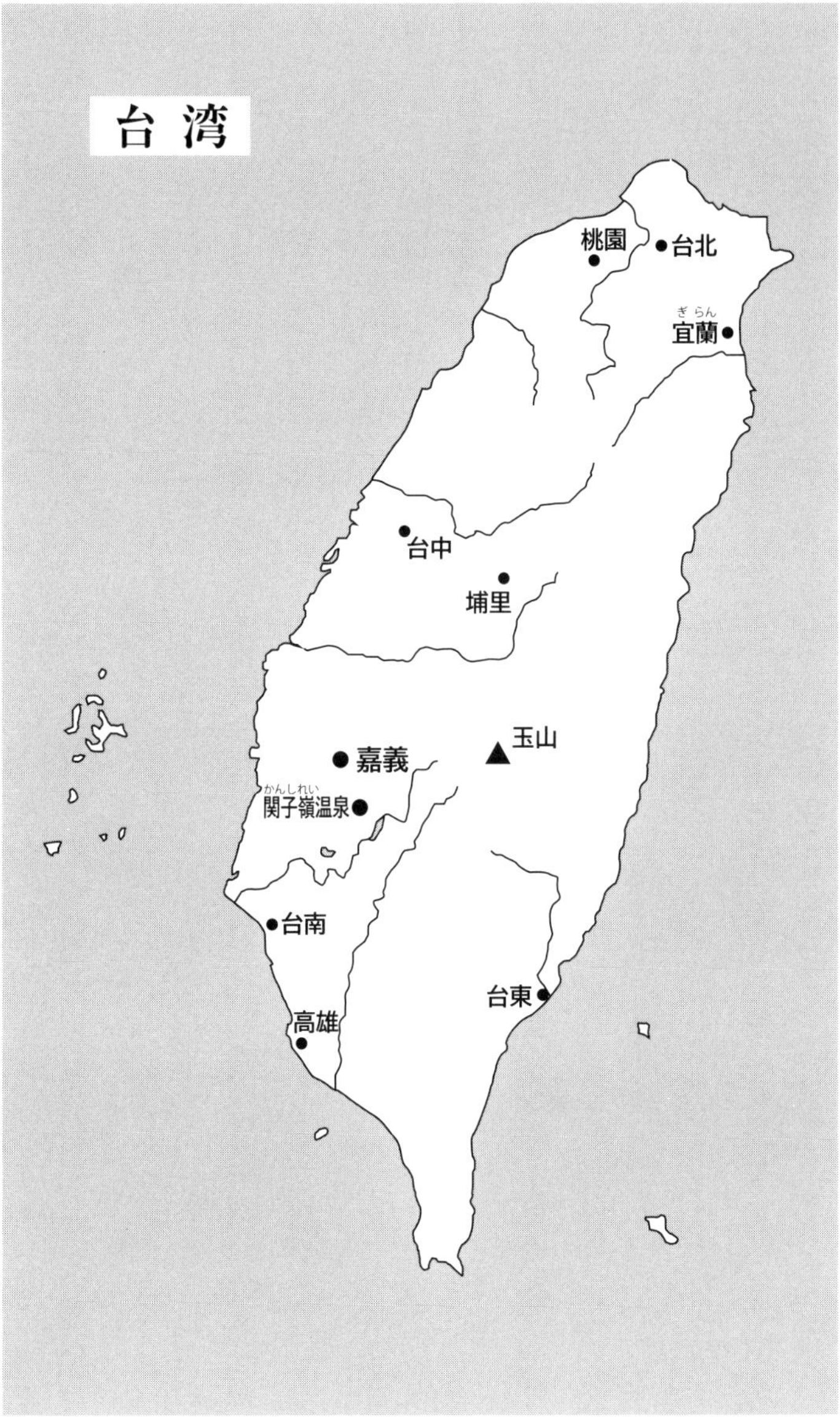
台湾
桃園
台北
宜蘭《ぎらん》
台中
埔里
玉山
嘉義
関子嶺温泉《かんしれい》
台南
台東
高雄

寝る場所だけは高い板敷になっていました。暑いので枕に薄い掛布団だけで十分寝起きができました。一般的にはトイレは共同で別な場所にありましたが、父はいち早く洋式トイレを家の中に造りました。普段はとても質素で、物が壊れれば丁寧に修理をして使い、子供心に新しいものをなかなか買ってもらえない、ケチと言いたいほどの倹約家の父でしたが、今にして思えば必要なものは無理をしてでも最新のものを取り入れ、工夫していたのでしょう。テレビも村長さんの次の二番目という速さで買い求め、人気番組が放映されるときは近所の人たちが見に集まっていました。テレビが出廻り始めた頃は、もちろんまだ白黒で、画面の前にはおごそかな観音開きの戸が付いていました。局は一つしかなく、放映時間も限られて、戒厳令《かいげんれい》が敷かれていた時代なので内容も厳しく制限されていたと思います。ニュースや連続ドラマ、歌番組などが人気でした。カラーテレビが出てくる頃には三局に。それからテレビの代わりに電話はお隣の家のものを借りていたので、年頃になって男友達から電話がかかってくると呼び出されるのには、面映《おもは》ゆい思いがしました。

わが家の前を通る道の向こうには、枝を周囲に張りめぐらせた立派なマンゴーの木が二本ありました。ほかにはパパイヤ、バナナ、蜜柑《みかん》、竜眼《りゅうがん》、茘枝《らいち》などの実のなる木々が生えていて、その先には田圃《たんぼ》があり、家の反対側も田園風景が広がっていました。暖かい気候を利用した畑や田圃では二毛作か三毛作をしていて、稲のほかにトウモロコシやサトウキビを作っていました。台風の来襲する季節になると、田圃の水があふれ出して家が浸水することも年に何度かありました。その後の掃除が大変で、家族総出で泥水をかき出しきれいにするのです。外の壊れた垣根は軍の修理部隊が来て直します。厄介な天災とはいえ、台風ならではの天の恵みもあって、大雨で水があふれ出した田圃から魚や泥鰌《どじょう》、田螺《たにし》、食用蛙などが打ち上げられ、それが貴重なタンパク源として食料になるのです。また、ちょうど家の前の大樹のマンゴーが実る頃と台風が重なると、たわわに稔った木々が風雨に揉まれて多くの実が振り落とされます。それを目あてに近所の子たちが集まり、われ先に落ちた実を拾うのです。日本で売られているマンゴーの実よりも青くて小さいですが、しばらく置くと熟して甘く美味しくなるのです。お菓子などが簡単に買えない時代、落ちたマンゴーやその他の果物は子どもたちの絶好のおやつでした。ほかに、製糖工場から出る甘蔗《かんしゃ》（さとうきび）の搾りかすが栄養剤の役割を兼ね、小学校の福利社で安く買える砂糖塗りの小さなチョコのようなお菓子の健素糖がありました。

また、地震が多いのは日本と同じで、地震の時は近くの溜池の底で暮らしていた鯰《なまず》がびっくりして浮上し、濁った水面を揺らします。鯰が地震を知らせるというのは本当のこと、それを目当てに鯰を捕るのも愉しみの一つでした。鯰の身は淡白で柔らかく、とても美味しい食材なのです。

これらの災害は悪いことばかりではなく、もたらされるめぐみを享受《きょうじゅ》でき、人知《じんち》の外にある出来事をおおらかに受けながら暮らしていました。

父と母

母、陳素眞の実家は中部台中県大甲鎮外埔郷という所で嘉義よりも北にあり、中国との海峡に面したところに位置し、農業をしていました。台湾では三大英傑のひとりに数えられる鄭成功《ていせいこう》（母は日本人）が十七世紀半ば過ぎに台湾開拓に際し初めてこの地に剣を刺し、水源を見つけたという物語が残っています。母の実家はその頃に大陸から渡ってきた一族のようです。

祖父母は婚姻を結ぶまで顔合わせすることなく、仲人が間に立ち「門当戸対」（同じくらいの差がない家柄）となるように二人の縁が結ばれました。婚姻には傳宗接代（子孫繁栄）の大切な役目がありました。

そうして母は男三人女三人の六人兄弟の次女として生まれました。その頃はどこの国も同じだと思いますが、子だくさんは珍しくない当たり前なことでした。成長するにしたがい、母たち三姉妹は地元でも美人と評判で、仲人たちからも人気があり、引く手あまたの良い縁談が持ち込まれていたようで、母の姉は隣村の大きな地主に嫁ぎました。

そんな環境にいながら母は、なんと父の王光耀と駆け落ちしてしまったのです。どうしてそうなったのか父母の生前に詳しくなれそめを聞いていなかったのですが、年の離れた母の妹、私と十歳位しか違わない叔母が健在で、この本を書くに当たり、その頃の話を聞くことができました。

父と母

陳の家では農業を中心に、豚の飼育もしていたのだそうです。そして近くに大陸から渡ってきた国民党軍の駐屯地があり、母は豚の餌になる残飯を貰いに駐屯地に出入りするようになりました。父は軍の中で炊飯係を担当していたので必然的に母と顔をあわせることも多く、重い残飯を運ぶ母の姿を見かねた父は、運ぶのを手伝って家まで送り届けるうちに親しくなったらしく、その頃の母はまだ十七歳、父は二十五歳ごろで、年頃の二人は自然と想い合うようになったであろうことは推して知るべしです。

台湾は小さな島ですが多様な民族が混在して住んでいます。原住民族もいくつかに分けられ、戦後に台湾へ渡ってきた外省人と、鄭成功の頃から住んでいる本省人は折り合いが悪く、祖父にしてみれば外省人と一緒になることは認め難かったのでしょう。二人を会わせないように親戚の家に母の身を隠したのですが、隔《へだ》てられた恋の想いはより強くなり、二人はついに駆け落ちして、駐屯地の近くに家を間借りして暮らし始めます。私を身籠った頃、軍は台湾島東北部の宜蘭《ぎらん》という海沿いの町に移動、とても景色のいい所のようですが、身寄りのいない母はどれほど心細かったか。それでも身内でもない近所の人たちの温かい人情に助けてもらいながら無事に出産。生まれた赤子の私の顔を一目見せたいと祖母を親戚の家に呼び出してもらい、対面したのだそうです。それが祖父にばれ、自分の面子を潰されたと思ったのでしょう。祖父は祖母に対して子どもの教育がなっていなかったとつらく当たり、そんな様子を聞き知った父は責任を感じたのか、あわれな祖母を引き取って一緒に暮らすことになったのです。それが祖父に認めてもらうための父の男気だったのでしょうか。

左から妹、祖母、弟、私

両親のなれそめの話を聞かせてくれた叔母は叔母で、小学校卒業の頃に自分の母親が急にいなくなり、相当苦労したと聞かされました。

祖母からは何かにつけて、もしあなたが産まれていなければと言われたものでした。それでも私が中学生の頃には、夏休みになると祖父の家によく遊びに行っていました。実を言うと孫の中でも祖父にはとてもかわいがられた記憶があり、家を継がないかと誘われたこともありました。その頃は何も考えていなかったのですが、孫が顔を見せに訪ねてくるのは純粋に嬉しかったのでしょう。娘の結婚を認めず自分の妻を家から追い出してしまったことを、祖父がひそかに後悔していたのかもしれないと気づいたのは、大人になってからのことでした。

母以外の兄弟姉妹は家訓を守り、良家と縁を結んだようで、子どもの頃に母のお姉さんが嫁いだ家に遊びに行ったことがあります。大地主の家なので、何世帯も一緒に同じ敷地に住んでいるために、嫁は何事も義理の親や義理の兄弟姉妹の家族に気を使わなくてはいけません。古い考え方の家族はまるで橋田寿賀子さんのテレビドラマ以上の生活のようでした。まだまだ男尊女卑の時代でもあり、一家の主の祖父は絶対的な権力者です。私も体験しましたが、食事は家長が初めに箸をつけてからみんながいただくという、家長に対する礼がとても厳しい時代でした。

今思い返すと、軍人とはいえ父と一緒になった母は、とても苦労していたと思いますが、母の口から自分の苦労をひと言も聞いたことがなく、古いしきたりにがんじがらめにならず、しがらみを捨てて暮らせた母は、苦労はしてもそれなりに自由だったのかもしれません。そして一所懸命に努力をして父についていくことを幸せとして、自分たちの才覚で身を立てようと頑張ったのでしょう。

いかなる時代や状況であっても、女性自身がどうすれば幸せになれるのか、努力することの大切さを教えてもらったように思います。

屋台経営

私が生まれた後、軍にも家族と認められると食費の手当てがつくようになったようですが、母と産まれたばかりの私と、引き受けた祖母をとにかく養わなければならないと、父は軍の仕事の時間外に、母と二人で朝食の屋台を始めました。今では地位を確立した軍人の副業なんて考えられませんが、その頃は台湾全体が貧しく、自分たちの才覚でどうにかしなければ暮らしていけなかったのでしょうね。また、やりたいと思えば何でもできる時代だったともいえます。河南省出身の父の実家は食堂を営んでいたそうで、とても器用な父は屋台の仕事をするに当たって料理もお手のものだったのでしょう。

手軽な屋台は軍隊の駐屯地があちこちに移転してもどこでもお店ができるので、本《ほん》来《らい》の仕事をこなしながら屋台も営む、という二足の草鞋《わらじ》を履《は》き、同僚のおじさんたちも自分の仕事のない時によく手伝いに来てくれたようで、屋台の傍のゆりかごに入れられた私の面倒も見てくれたのだとか。やがて移動先で弟と妹が生まれ家族も少しずつ増えていきました。

そして私が小学校に上がる頃に、嘉義の正義新村に居を構えてからは軍隊の移動は無く安定した生活ができるようになったので、軍の仕事はもちろん続けつつ、嘉義市中心街の人通りの多い所で屋台を営むようになりました。

ここでさらに弟と妹が生まれ子どもが五人となり、祖母を含め、なぜか引き取った従妹も交えた大家族で生活をするようになりました。

台湾の朝食は一般的に屋台等で済ませます。屋台では豆乳が人気の飲み物で鹹豆漿(しぇんとうじゃん)というスープのような味付けのものや、一番人気のある甜豆漿(てんとうじゃん)という甘くしたものなど、同じ豆乳でも種類があります。ほかに油條(揚げパン)、焼餅、肉包(肉まん)、葱油餅などを出していました。これらの食べ物は炭水化物が主で消化にやさしく腹持ちもよく、日本ではちょうど「おにぎり」が最も近い食べ物に当たります。手っ取り早く食事を摂ることができ、栄養面においても年月をかけて考え出されたメニューです。

母はお客様におなか一杯食べて元気に朝から仕事をしてもらうことを喜びとしており、母が作る豆乳は人気がありました。その秘訣は濃さで、薄い豆乳を出しているお店もあったようで、誠実なところをお客さんはきちんと見極めているのですね。

そんな母の料理のファンのひとりが関仔嶺《かんしれい》温泉の社長で、後に私はここで勤めることになるのですが、社長から頂いた二匹の孔雀を家で飼っていたことがあります。そのほかに黒いラブラドールレトリバーや猫や鸚鵡《おうむ》を飼っていました。これらの中には怪我をしているのを見るに見かねて連れ帰り、面倒を見ているうちに住み着いた動物もいました。犬は知り合いからもらい受け、ちょうどアメリカではカーター大統領の頃で、音が近いものをと考え、私がカルと名付けました。ある時、箪笥《たんす》の籠の底で猫が赤ちゃんを産み、第一発見者の私は、親指の先ほどのまだ毛の生えていないピンク色の肌の子猫が七匹ほど蠢《うごめ》いているのを見て以来、猫がちょっと苦手になってしまいましたが、妹はミルクを与えとてもかわいがっていたのを覚えています。この仔猫たちは欲しい方に何匹か貰われていきました。そのほかに鶏、烏骨鶏、家鴨などを放し飼いにして、兎は小屋の中で飼育。これらは食料にしていたので、名無しです。名前を付けると情が移り、かわいそうで食べられなくなるからといえます。

また、家畜として豚を本格的に飼育するために小屋を建て、五匹ほどの子豚を仕入れ、店の残飯を餌にして育てていました。究極のリサイクルですね。豚はとても清潔好きで、小屋をきれいに掃除して育てるのは母の役目。店の残飯だけでは飼料が足りないので、ほかに残飯の出る所を探して母が自転車で出かけて回収します。ある時、母の自転車に付き添って一緒に出掛けたカルがいなくなり、大騒ぎになって探し回ったものの行方が分からずに諦《あきら》めていたところ、一週間ほどして傷だらけになって帰ってきた時は家族みんなで大喜びでした。狗肉《くにく》食の習慣があるので、ひょっとしたら食べられてしまったのかもと思っていたからです。

そうして年に一度、育てた豚を出荷する日がくると、朝の明けやらぬ頃に業者の大きなトラックがやって来ます。そして大きく育った豚たちの体重を測り、間違いがないか目盛りを確認するのが私の役目。いつもとは違う様子に豚たちは自分の身の行く末が分かるのか、ぎーいぎーいと大声で啼きたてて、トラックが遠く去っていくまで啼き声が辺りに響いていました。

西欧への憧れ

住んでいた嘉義の村の近くに、退職した将校の家がありました。小学生の頃から私は奥様にとてもかわいがられていました。中国の宮廷と西洋風な内装や家具をしつらえたとても立派なお宅で、大家族で肩を寄せ合うように暮らしているわが家とは、天と地の差を感じるほどの優雅な暮らしぶり。そして奥様はとてもおきれいで意外に気さくな方。養女がいたのですがお嫁に行ったので一緒に住んではおらず、私が遊びに行くと珍しいお菓子や、美しい花模様で装飾された西洋の食器でご馳走を頂くことがありました。ご主人が出張などでいらっしゃらない時には、家に泊まらせて貰うこともたびたびあったのです。まだ娘さんの部屋を残していて、今まで見たこともない美しいレースで飾られたかわいらしい部屋に泊めていただき、そんなときは自分がお姫様になったような夢の時間を過ごしていました。多忙な両親は子どもを預けても大丈夫と安心していたのでしょうね。

同胞

日中戦争の後、中国大陸では国民政府軍と共産党軍の内戦状態となり、国民政府軍（國軍と呼びます）は台湾に移りました。十七歳で国民政府軍に入隊していた父も、一緒に海を渡りました。軍隊に入ると食べる心配をしなくてもいいと思っていたそうですが、大陸では草や草の根をも食べて飢えをしのぎ、大砲や鉄砲の弾が飛び交うなかで生き残ったのは辛うじて同胞三人だけという激戦も潜《くぐ》り抜けてきたようです。そして、共に台湾に渡ってきた仲間たちとは、故郷に帰れなくなった孤独な想いを共有し合い、かけがえのない生涯の友となりました。

その仲間たちが、たびたびわが家を訪ねてきました。おじさんたちが家に来ると一、二か月ほど滞在するのは当たり前で、入れ代わり立ち代わり来ては泊まっていきます。そのためにおじさんたちの荷物が入ったそれぞれの段ボール箱が、板敷の下やベッドの下などにいくつも置いてありました。大切な記念切手が入っていて虫に喰われてしまったことも。結局それらの荷物を取りに来なかった人もいたのではないかと思います。軍隊を辞めた後船乗りになった人は、来るたびに異国の珍しいクッキーなどをお土産に持ってきてくれたので大歓迎でしたが、生活が少しばかり窮屈になるのが玉に瑕で、年頃の娘に成長してくるとなおさら敬遠する気持ちに。しかし、祖母も母も私が生まれた時から可愛がって貰ったこのおじさんたちへの恩を、決して忘れないようにといつも口にしていました。また、父の先祖のお墓は台湾にありませんので、早くに病気で亡くなった同胞のお墓参りをすることを家族で大切にしていました。

夢みる乙女

台湾の学校の仕組みは日本と同じ六三三制でした。ただし入学は九月で卒業は七月になっています。日本のような華やかな入学式は無く、卒業式はありましたがもっと簡素な式典でした。学校行事として運動会や文化祭、修学旅行などもありましたが、修学旅行は費用の関係で私は不参加でした。

ほかに国を挙げての行事がいくつもありました。最も大きなイベントは、光復節や国慶日などを祝うとても華やかなパレードで、全土が盛り上がります。皆でお祝いをすることを大切にしていて、学校の朝礼では毎朝国旗が揚げられ、国歌を歌い、その後に校長の訓辞がありました。

台湾では標準語は中国語です。日本人からいえば北京語が中国語の総称となるでしょうか。そのほかに台湾語（閩南語《みんなんご》）が使われ、ほかにも客家《はっか》や原住民族がいるのでもっと細かく分かれますが、学校では中国語を使って学びます。そんなに違いはないものの、台湾語よりも北京語の方が舌の使い方が複雑で発音が変わります。わが家での会話は祖母や母が台湾の生まれ育ちなので台湾語、父はもともと北京語でしたが台湾語を話していました。父と母が出会ったときは違う言葉同士だったので、たぶん意思の疎通がうまくできず、父が頑張って言葉を覚えたのでしょうね。

小学校の頃は国語や道徳の時間に論語を学び、中学校になると漢詩の授業がありました。学んだ漢詩を覚えるためにクラスメイトと一緒になって暗唱をしたり、自分でも漢詩を作ったりしていました。また、会話の中で漢詩を引用して表現することも多く、覚えることはとても大事といえます。久しぶりに漢詩詩集を紐解いてみました。

金縷衣《きんるのころも》　杜秋娘《としゅうじょう》

勸君莫惜金縷衣
勸君惜取少年時
花開堪折直須折
莫待無花空折枝

君に勧《すす》む金縷《きんる》の衣《ころも》を惜《お》しむ莫《な》く
君に勧む少年の時を取りて惜しむべし
花の開きて折るに堪《た》えなば直ちに須《すべか》らく折るべし
待ちて花無く空しく枝を折る莫《なか》れ

清平調《せいへいちょう》　李白《りはく》

雲想衣裳花想容
春風拂檻露華濃
若非羣玉山頭見
會向瑶臺月下逢

雲には衣裳《いしょう》を想い花には容《かたち》を想う
春風檻《しゅんぷうかん》を拂《はろ》うて露華濃《ろかこま》やかなり
若《も》し羣玉山頭《ぐんぎょくさんとう》に見るに非《あら》ずんば
會《かなら》ず瑶臺月下《ようだいげっか》に向かって逢わん

楓橋《ふうきょう》夜泊《やはく》　張継《ちょうけい》

月落鳥啼霜滿天
江楓漁火對愁眠
姑蘇城外寒山時
夜半鐘聲到客船

月《つき》落《お》ち烏《からす》啼《な》いて霜《しも》天に満《み》つ
江楓《こうふう》漁火《ぎょか》愁眠《しゅうみん》に対《たい》す
姑蘇《こそ》城外《じょうがい》寒山寺《かんさんじ》
夜半《やはん》の鐘聲《しょうせい》客船《かくせん》に到《いた》る

春暁《しゅんぎょう》　孟浩然《もうこうねん》

春眠不覺曉
處處聞啼鳥
夜来風雨聲
花落知多少

春眠《しゅんみん》暁《あかつき》を覚《おぼ》えず
処処《しょしょ》啼鳥《ていちょう》を聞《き》く
夜来《やらい》風雨《ふうう》の声《こえ》
花落つること知りぬ多少ぞ

論語

子曰「父母在不遠遊　遊必有方」（子曰く父母がいませば遠く遊ばず　遊ぶに必ず方有り）　父母がいないときは遠くで遊んではいけない。遠くに行くときは必ず行き先を伝えなくてはいけない。

子曰「君子喩於義　小人喩於利」（君子は義に喩《さと》り、小人は利に喩る）　君子は、義に敏感であるが、小人は利に敏感である

国民小学校を六年で卒業、受験せずに国民中学校に入学しました。私の時がちょうど中学受験をせずに国民中学に入学することができた第一期生（國中と呼びます）。中学を卒業した後の進学について親から私立学校は無理と言われ、省立華南商業職業学校に入学しました。

高校になると広範囲の学生が通ってきますので、遠くから来た人はお弁当を持ってきます。早弁を摂っている人たちがいて、お腹がすくと外のお店に買い出しにでる人もいましたが、これは見つけられると成績に響くことになっていました。

子供時代。王家の子ども５人で

学校に近い家の子たちは、お昼になると各家庭から親がお弁当を学校に届けてくれます。わが家では小学校時代から高校まで、父がお弁当を作っていつも届けてくれていました。お弁当箱を洗うのは自分の役目ですが、翌朝まで洗っていなくて怒られることもたびたび……。

そういえば高校に通っている頃、友達との朝の登校の待ち合わせは街の中心にあるうちの屋台で、私が到着するまでお店を手伝ってくれて、そのかわりに気軽に朝食を摂ってもらい、一緒に学校に出かけていました。持ちつ持たれつで助け合いながら世の中が回っていたように思います。

それから中学校の頃から文学が好きになり、ことさら当時流行していた瓊瑤《けいよう》の恋愛小説に夢中でした。ある時、朝の授業が始まる前の自習時間に小説を読んでいるところを校長に見つかり、あやうく成績表に減点の記録が残るところでしたが、担任の先生が救ってくれました。実を言うと、その本は担任の先生が貸してくれたものだったのです。担任の先生も、おおらかで開放的な人だったのでしょうね。

また、学校から帰ると家の後ろ側の畑の土手に座って、持ってきた本を読み耽《ふけ》り、時には畑の向こうを走り抜けていく電車を見送ったりしていました。そこには台北から高雄まで走る台鐵（台湾鐵路管理局）の線路が敷かれていて、行き交う電車を眺めているだけでも、未来に繋がっているような気持ちになりました。娯楽の少ない当時、暑い夜には近所の人たちは皆、外に縁台を出しておしゃべりをするのが楽しみの一つでしたが、私はといえばおしゃべりに加わるより、暗くなると街灯の明かりで本を読んでいたのでした。小説の主人公に憧れ、自分の人生を物語の主人公に重ねていたその頃の私は、華やかな未来がこの先に待ち受けているに違いないという夢を抱きながら、漠然とした不安が霧のように浮かび、容姿に自信のない自分がいて、憧れの男の子がいても話しかけることすらできず、遠くから眺めるばかりのシャイな女の子だったのです。そして、いつも多忙な実家の食堂の仕事をどうしても好きになれず、華やかな都会の台北に憧れていました。

都会を夢見て

高校を卒業した後は都会の台北で暮らしたいという夢を抱いてましたが、もちろん一人暮らしができる状況ではありません。まずは働かなくてはと思い、日本統治時代から続く嘉義で一番の老舗、新台湾餅舗でアルバイトを始めました。ここは日本のとらやのような名の通ったお店に当たります。飽食の時代の今では気軽に手に入る砂糖ですが、昔はとても貴重なものでした。甘いものは尊ばれ、中国のお菓子というと月餅が有名ですね。ほかに欠かせないのが婚礼の時に新郎から新婦に贈る囍餅《シーピン》という伝統の祝い菓子でとても需要があります。贈り物の礼盒《リーフウ》や葬儀の供物として日持ちする白桃やパイナップルなどフルーツの缶詰がよく使われます。そのほかにクッキーの詰合せやカステラ、日本の茶道によく使われているような生菓子などのお菓子が製造販売されていました。日本から輸入されたものはどれも高級品として価値があり、箱詰の丸ごと一尾の塩鮭や奈良漬けまであり、カラスミ、缶詰、金華ハム（火腿）も春節用に販売。そのほかに食パンや菓子パン、サンドイッチなども製造販売していて、朝の九時から夜の九時まで、それ以上になる時もあり、とても忙しく働いていました。

わが家では、一か月の給料を全て父に預け管理されていたので、自分が自由に使えるお小遣いはボーナスやたまにお客様から頂くチップになります。それらを一人暮らしのための資金としてこつこつと蓄えていました。

そこで四年ほど働いた頃、台北でパン屋をしている叔父から、仕事を手伝ってもらえないかと誘われ、父には反対されたのですが、念願の台北へ引っ越しました。小さなお店でしたがとても流行っていて、一日に二度パンを焼き上げます。ここの葱パンがとても美味しく、親戚という気安さもあって、出来たてのホカホカのパンを遠慮なく食べていたためか、人生で最高に太っていた時期でした。しかし仕事が忙しくて新しい友達もできず、先が見えなくなり、結局は嘉義の実家に戻ったのでした。

青春の頃は心ばかりが逸《はや》って、何ものにならんがためにどのようにすれば良いのか分からずに、ぐるぐると飛び回りながら暮らしていたように思います。

白河関仔嶺温泉

台北から嘉義に戻った後、高校で学んだ簿記を活かせる会計事務所に勤めるようになり、実家と縁のあった社長が営む当時の台南県新営鎮白河関仔嶺温泉にある大飯店（ホテル）の会計担当として、働くことになりました。

台湾は日本に統治されていた時代があり、いたるところにその名残があります。今は紅葉園として公園になったあたりが、日本軍の要塞が築かれていたところで、その時に日本兵がこの温泉を発見し、整備されました。温泉は硫黄成分を多く含み灰色に濁った泥温泉で、アルカリ性炭酸泉。温度は七十五度と高め。婦人病、手足の冷え予防、気管支炎、貧血、坐骨神経痛、アトピーなどの皮膚病、胃腸病にも効くといわれ、温泉に入ると身体がとても温まって肌がすべすべになるのです。嘉義からバスで一時間ほどの山峡にあり、台湾の中でも風光明媚なところに、なぜか波切不動明王という名の日本から招来されたお不動さまが祠に祀られ、温泉の観光名所となっています。

ここでは仕事が暇なときに谷川に降りて手長エビ（山蝦）捕りに夢中になっていました。そんなことが許される暢気な時代だったのですね。手長エビは岩と岩との陰に潜んでいることが多く、目星をつけてじっと我慢比べをしながら出てくるのを待ちます。エビは動きがとても素早く一瞬で逃げてしまうので、背後に網を張って逃げないように待ち構えます。大きいものほど捕るのが難しく、夢中になって捕っているうちに名人級の手並みと言われるほどエビ捕りが上手になりました。残念ながら、私自身は甲殻類アレルギー[※1]があって食べられないので、捕ったエビは全部親しい人に配っていました。

エビの最も美味しい食べ方はたっぷりの米酒にエビを入れて沸騰させアルコールをとばし、エビに火が通ったら出来上がりです。好みで軽く塩を振って食べますが、簡単でエビの旨みが出て最高においしく、そのスープだけでも十分に美味しく更に白菜や豆腐、椎茸、葱などを入れると一層滋味豊かな味になります。

最近は山で獲れる鹿や猪がジビエ料理としてもてはやされるようになりましたが、私が勤めていた頃もそういった料理は普通に提供されていました。

こんなことを書いていると私が遊び惚けてばかりいたように思われるかもしれませんが、私の特技は数字に強いことで、顧客の電話番号はほとんど頭に入っていて、会計の仕事もスムーズにこなすことができていました。また、一度会った人の顔を覚えることもできるのです。名前も覚えられれば完璧なのですが、こちらまではなかなか……。

ここでの仕事をしていた時の忘れられない思い出があります。この温泉は日本人の観光客も多く、頼まれると気さくに写真撮影を引き受けていました。ある時、日本人の観光客の方から珍しく写真を撮らせてほしいと頼まれ、モデルとなって撮ってもらったことがあります。その方は早稲田大学の学生さんでした。帰国後しばらくすると、その時の写真と日本語と英語の手紙が送られてきました。

当時の私は日本語も英語もまったく読めなくて、近くに勤務する日本通のお巡りさんに訳してもらいながら、一、二年ほど文通していました。

その頃と前後して、勤め先の社長夫人と一緒に香港と日本の関西圏を十一日間かけて旅行したことがあり、京都・名古屋・富士山五合目に行きました。その時に接した日本人の礼儀正しさや親切な対応に関心し、日本がとても好きになったのです。そしてお土産として買ったのが象印の炊飯器。母にプレゼントしましたが、もったいないからと大切にしまい込み、結局母は自分で使うことなく、弟のお嫁さんに譲り、すでに四十年弱の年月を経ても現役で使えているようです。今も日本の電化製品は大人気で、里帰りする時はお土産を頼まれ荷物で一杯になります。同じメーカーのものが台湾で売られていても、日本で売られているものの方がよい品質と思われているのです。

それからこの旅行の間にとても悲しい出来事がありました。祖母が他界してしまったのです。親には内緒の旅でしたので、連絡がつかず困ったようで、急な訃報《ふほう》に驚き、間に合った葬儀では不在の不孝を詫《わ》びながら、多忙な父母に代わって育ててくれた祖母に香華《こうげ》を手向《たむ》けました。

子どもの頃、日常生活での祖母の役割は多忙な母の代りとしてとても大きく、素朴な祖母はいつも言動を慎むように孫の私たちを教育しました。軍隊には階級があり、父はその中で一番下の位の下士《かし》でしたので、親が上階級の子たちにからかわれて喧嘩をすることがたびたびありましたが、波風をたてず自制し、皆と仲良くするようにと叱られ、子どもなりに感じる理不尽さに悔しい思いをしました。

日本で暮らすようになって友達と付き合ううちに、自分の自己主張の強さや自己中心的なところに気づいたのですが、それは弟妹が多く貧しい環境で育つなかで学んだ生存術でした。人にいじめられないようにもっと賢くなりたいという思いが強いからだと思いますが、折につけ祖母の言葉を思い出すことがあります。

また、農家の生まれ育ちの祖母が口をすっぱくして言っていたのは、お米の一粒をも農家さんが苦労して育てたものだから粗末にしてはいけない、無駄遣いはいけないということでした。電気は節電を常に心掛け、水の一滴も大切に使う、時代は流れ、いまは気づかないうちに生活に無駄が増えてしまっていることに、かすかな罪悪感を抱いています。

私が高校の頃に祖父が亡くなり、その後、母の兄弟たちが祖母を迎えに来てくれて婚家に戻っていたので、穏やかな晩年を過ごすことができたのではと思っています。

この温泉での仕事は環境に恵まれ伸び伸びと働け、居心地は最高によかったのですが、温泉以外は何もないところなので若い私には二、三年ほどすると、これでいいのかなという飽き足りない想いが湧き上がり、また実家に戻ったのでした。それとともに日本の学生さんとの文通も自然消滅してしまいました。

※1　甲殻アレルギーについて―エビやカニに含まれるタンパク質のトロポミオシンが原因。アナフィラキシーショックを起こす場合もあるので、アレルギーの人は注意しなくてはいけない食材です。

食堂経営

父は五十歳で軍を定年退職した後、本格的に食堂を経営し始めました。軍に入隊した頃は戦のどさくさまぎれの時代だったので年嵩《としかさ》を増して申告していたようで、五十歳で定年退職した時は本当の年齢より若く、周りは少し年が若いと気づいていたのかどうか、正確でなくても受け入れられるほど急ごしらえの軍隊だったのかもしれません。

今でも五十歳定年だとしても体力気力のありあまる年齢、それよりも若い父はまだまだ働き盛りで、本領を得たように食堂の仕事を始めました。

事始めに正義新村の近くにいい物件を見つけ、地下一階地上三階の家を買いました。私が高校を卒業してしばらくした頃で、一階が食堂で二、三階は住居になっていました。鉄筋コンクリート構造、細かい大理石を研磨した床地、漆喰の壁、間取りは倉庫のように何もなく、その頃はまだ冷暖房設備がなかったので風通しを一番大事に考えて作られました。

台湾は年間を通して暑い日が続き寒い日がわずか、一年に何度も来る台風や、日本と同じく地震に脅える火山帯でもあるので、それに耐えられる頑丈な建築物が一般的です。隣人との間隔はそんなになくても厚い壁なので防音の役割をしているようです。

ここを買うことに決めたのは、母が建物の基礎から立ち上がるまでをずっと観察していたそうで、とても太い鉄骨を使っていたからという話でした。

そうして朝は朝食用の食堂にはじまり、昼は陽春麵、水餃子、牛肉麵、饂飩（ワンタン）など、夜には果物の販売と、両親はフル回転で働いていました。

農家出身の六人兄弟の母は小学校二年までしか出ておらず、計算が苦手、父は暗算が得意で、手広く仕事をこなし商才に長《た》けていたのだと思います。そんな二人は名コンビとして近所でも有名でした。

忙しすぎて短気な父は、母には厳しく当たったりしていましたが、母は時間が解決してくれるからと柳に風、暖簾《のれん》に腕押しのように父の怒りを収める忍耐の人でした。

今となっては多忙だったことや学のない母の食事の摂り方に問題があったのだと思いますが、私が二人目の子どもを産んですぐの頃、胆道の病になり四十九歳で亡くなりました。

つい最近、母方の叔母に両親の馴れ初めを聞いているうちに気づいたことは、どうして家で豚を飼っていたのかということ。母の実家では農業のほかに豚を飼育しており、餌を集めたり小屋の掃除をして面倒を見るのは母の役目だったと知り、子どもの頃の経験と知恵を活かしながら、暮らしを豊かにしてきた底力があったからこそ、結婚後も豚を上手に育てることができたのだと理解できました。自分が実際に体験したことを一つずつ積み重ね、様々なことを学んだ母の人生だったのではないかと思うのです。

若い頃の私は親不孝なことに、多忙な食堂の仕事があまり好きではなく、また、独裁的な父を敬遠し、家の外に出たいという思いばかりがつのり、家業を手伝うという意識は全くありませんでした。長女の私を筆頭に弟が二人と妹が二人いたこともあり、古くからの習わし通りに男が家を継ぐものと思っていたのです。

後年、母が病気になったことで弟が家業を手伝っていましたが、結局二人の弟たちはそれぞれにやりたい道を選んだため、父は食堂を辞めてしまいました。母が元気であってこその食堂経営で、父が頑張れたのは母の支えがどんなに大切だったかを知る思いがしました。

台湾の生活

台湾では朝はほとんど皆が外の屋台などで朝食を食べて仕事や学校に出かけます。「民以食為天」「一日之計在以晨」という言葉があります。食事は人々にとって基本であり、特に朝食は大切であり一日の計画は早朝のうちに立てる、という意味において「早起きは三文の徳」という日本のことわざと重なります。それから暑い気候なので冷たい食べ物や飲み物を多く摂っているように思われているかもしれませんが、体を冷やしすぎると内臓によくないとされていてあまり冷たいものは食べないのです。冷えの足りないビールは日本人には不評ですが……。

昼食は日本と同じく手作りのお弁当をたべたり、外食で好きなものを選んで食べることが普通で、今はハンバーガー屋も人気です。共通していえることは食材が新鮮であること、すぐに食べられることです。代表的な昼食は各地方により特色がありますが、八角《はっかく》という香辛料で調理した豚の角煮や腸詰《ちょうづめ》（香腸《シャンツァン》）、鶏肉飯《チーゾーファン》、魯肉飯《ルーゾーファン》、パイコー麺などです。日本にはワサビや山椒《さんしょう》など独自の香辛料がありますが、台湾でも香辛料をたくさん使い五香粉《ごこうふん》（八角・丁香（クローブ）・肉桂（シナモン）・花椒《こしょう》・小茴香（ウイキョウ)」、陳皮《ちんぴ》、コリアンダーなどを使った香り高い料理が多いのです。

　昼食の後は昼寝の時間です。だいたい四十分ほど休憩をします。スペインでもシエスタといって同じ習慣があり、台湾とよく似た気候のフィリピンでもそのような習慣があります。日本でも夏の暑い時期など、農家などでは昼寝の時間を取っているとのこと、オフィスでの仕事ではあまり見かけない光景ですが、リラックスして午後の仕事を効率的にする昼寝は、体のためによいかもしれませんね。

　それから台湾で有名なのが台湾全土にある夜市《よいち》で、特に台北にある士林夜市は日本人観光客が必ず訪れる場所です。食べ物だけでなく日用品を売る店がたくさん集まり、とてもにぎやかで食べ物の種類も豊富、値段もそれほど高くなくお手頃。台湾の夜は眠らない街と言われているくらい人々でごったがえしていて活気があり魅力的です。陽が落ちると昼間の暑さがいくぶん和らぎ、そぞろ歩きしながら灯りに浮かぶ店をひやかしつつ歩くのは、情緒があり心浮きたつものがあります。

　日本に嫁いできた頃から住んでいる東京郊外のこの地は、多摩川に近く、まだまだ畑が残っていてとても静かなところ。夜になるとより一層静かになり、住み始めた頃は夜中じゅう賑やかでお店の開いている台湾とどうしても比べてしまい、寂しくて寂しくて……栄養学を学んだ今となっては夜中まで飲食するのは生活習慣病に繋がると思うようになりましたが……。

二〇二一年の春節の季節に、弟妹たちの家族が集まった写真が送られてきました。とても懐かしくて親族の集まりがうらやましく、特にコロナ禍でもあり、誰とも会わず家族だけの寂しいお正月を過ごしていたので、里心がついてしまいました。

台湾は以前サーズウイルスが蔓延し、大変な苦境に陥ったことがあり、その経験を活かして初期対応を徹底し、外部との接触を禁止したためにコロナウイルス対策に成功していました。しかしその後、世界中で蔓延し長期化するにつれて、台湾でも感染が広がり、一進一退しながら今は収束しつつあるようで、一安心していますが、日本より徹底した水際対策をとり、入国の際は、数日間隔離生活をするようになっていたようです。

台湾の年間行事

○一月一日

元旦は台湾でも祝日になっており、カウントダウンが行われ、花火が打ち上げられます。

○尾牙（旧暦十二月十六日あたり）

日本の忘年会に似ています。昔は土地の福徳正神（お地蔵さまに当たるか）に一年の五穀豊穣や平安無事に感謝をこめてたくさんの美味しい料理や名物をお供えすることからはじまり、今は会社の社長が従業員に慰労を込めて豪華なフルコースの食事を振舞い、芸能人を呼ぶ会社もあり、ビンゴゲームなどをして盛大なパーティーを催します。そして面白いのは各々の円卓テーブルには姿造りの魚料理や鶏の丸焼き料理が中央に飾られるのですが、その際にただお料理を楽しむだけではなく、鶏の嘴《くちばし》が向いた席の社員は、次の年にはクビ！とのまことしやかな噂があり……、社長の憂さ晴らしもされるというブラックユーモアを聞きましたが、幸運なことにまだこのような情景を実際に見たことはありません。社員はまず嘴の向けられた方角を確認して胸をなでおろすイベントです。大抵は上下の方角を向くように飾られていますのでご安心を。

○春節（過年）

旧暦一月一日がお正月になります。家族が集まり日本のお節《せち》料理に当たる春節料理「年菜」を食べます。水餃子、果物は蜜柑、葡萄、りんご、鳳梨（パイナップル）、草苺《いちご》など、普段より高価な果物、それから大根、肉（豚、鶏、牛）、魚、長年菜（青菜）、年糕（餅）、發糕（蒸しパン）などがあります。前日の大晦日を除夕といい日本の年越しそばに当たる年夜飯を食べるのですが、それぞれに謂《いわ》れがあり、水餃子はお金に当たる元宝を表しますし、長年菜は根っこから葉先までをそのまま茹でて丸ごと食べることで健康長寿・無病息災を祈るという意味が含まれています。魚や肉は除夕に食べるようになっており、春節には殺生を避けるため魚や肉を食べてはいけないことになっています。それでもこれは祖母の時代のお話で今では何でも食べています。日本と同じようなお節料理が流行しています。

お正月飾り

それから日本では注連縄《しめなわ》や松飾、飾り餅などのお正月飾りをして新年を祝いますが、台湾では門の左側に現世のお礼の言葉を書き、右は未来の願望を、天部には地への祝い事を書きます。また対《つい》になった五言句・七言句、四字句や六字句などもあり、それらを赤い紙や板に書いて飾ります。例えば「詩書継世長　忠厚伝家久」など、これを対聯《ついれん》や門聯といって、春節のお飾りに欠かせないものです。ちなみに妹に二〇二二年の門聯はどんな句にしたのか聞いたところ、招財進寶興百世・福百臻隆興意生・大吉提心など、赤い紙に書いたものを玄関の入り口に飾ったそうです。一般的には合家平安・身體健康・好友群祝福などでしょうか。またご挨拶文としては新年快樂・一帆風順・二龍騰飛・三羊開泰・四季平安・五福臨門・六六大順・七星高照・八方來財・九九同心・十全十美などのおめでたい言葉を贈り合います。

○元宵節（小過年）（旧暦一月十五日）

お正月の締めくくりの行事で、春節から初めての満月の日に当たります。この日は湯圓（タンエン）というお団子を食べます。お団子は米粉の中に核になる小豆餡やゴマ餡、ピーナツ餡などが入っていて、甘い汁をかけていただきます。

そして日が暮れると「迎花灯」や「放天灯」が行われ、街を灯篭や提灯で飾り、今は盛大にランタンフェスティバルとしてお祝いされています。

○清明節（新暦四月五日前後）

家族皆で先祖のお墓参りをします。台湾のお墓はほとんどが辺鄙《へんぴ》な山地などにあり、樹木や草が生えやすいので山に登った後はお墓の周りに生えた木や草刈りをしてきれいに整えます。行事食として台湾風生春巻きを食べます。北部と南部では違う食材が使われていて、南部の方が甘みや辛みなどメリハリのある味付けになっています。

○端午節（旧暦五月五日）

端午の節句の日には、玄関に艾《よもぎ》で作った人形や虎、菖蒲で作った剣を飾り、鍾馗《しょうき》の絵や五毒（サソリ、ムカデ、ヤモリ、ガマ、ヘビ）を食べる虎の絵を貼ります。それらが邪鬼の侵入を防ぐとされています。また菖蒲酒や雄黄酒（イオウを混ぜた酒）を飲み無病息災を祈ります。艾・菖蒲・雄黄などは、その香気や薬性によって邪気悪霊を払うことができると信じられ平安無事を祈ります。そして中華ちまき「粽子」を食べます。中に肉や落花生、栗を入れ塩気のある味の肉粽と甘い味の素粽子があります。粽子を食べる習慣は、戦国時代の愛国詩人「屈原《くつげん》」が国を憂え川に身を投げて亡くなった時、亡骸を魚たちに食べられないように、人々が餌として粽子を作り川に投げ入れたことが始まりといわれています。

○中元節（旧暦七月一日から七月二十九日まで）

旧暦の七月は「鬼月」と呼ばれ、あの世の門が開かれ、先祖の霊魂だけではなく孤独な無縁仏などが鬼となって戻ってくる月とされています。そのため、人々は無病息災、家内安全を祈って大小さまざまな祭りが行なわれます。親戚や近所の家々がそれぞれ順番に、毎晩のように人々を招待してご馳走を振舞います。そして七月十五日の中元の日は廟《びょう》の前や家々やお店では、外に台を置いて肉や魚、果物、菓子などのお供え物をたくさん載せ、線香を焚いて成仏するように鬼供養をします（中元普渡）。日本と同じような精霊流し（放水灯）は、旧暦七月二十九日に地獄の門が閉じられる日に行われます。宜蘭県頭城、屏東県恆春で行われる「搶孤」は、十二本の柱を立て棚を作り上に飾った金牌や旗をグループで取り合う祭りで、これも重要な行事です。

○中秋節（旧暦八月十五日）

収穫の時期とも重なり、月に豊作の祈りをささげる月の祭りといわれています。この日は真ん丸い満月にちなんで家族円満を願い一家団らんするほか、街のいたるところでバーベキューをしながら月見を楽しむ人たちで賑わいます。明るい月を見ながら散策する「走月亮」という習慣もあります。月餅には円満の願いが込められていて、ほかに柚子（文旦）を食べる習慣もあります。柚と助ける意味の佑とは音が似ていて大きな実が月のようでもあり、月が守ってくれると考えられているのです。また日本のお中元のように会社の上司（昔は贈賄）や同僚、親戚、友人で月餅を贈りあう習慣があります。

○冬至（ドンジー）

冬至の日には温かい湯圓（タンユェン）を食べます。寒い冬に滋養をつける（冬令進補）生姜入りの甘い汁に小さな団子をいれた薬膳です。一家団欒しながら家族円満を願います。

台湾の信仰

台湾の信仰は道教や仏教、キリスト教、イスラム教、日本の天理教や儒教など様々な宗教がありますが、特に道教の玉皇大帝や媽祖、関聖帝君などを祭る廟は各所にあり人々の信仰を集めています。それから昔ながらの占いや神懸かりなどのお告げも大事にされています。現地の人だけではなく、日本の友達で信心深い方がいて、毎年のように占うために通っている方がいるほどです。

また、それぞれ信仰している神仏に祈りを捧げた後、願いが叶うと、神仏へのお礼も兼ね、その福禄をひとり占めしないで他の人にも分ける意味も込めて、廟の広場に屋台劇団などを招き、観覧してもらうのです。

娯楽の少ない子どもの頃は、とても楽しみな行事で、特筆してもよい台湾の文化といえます。

ご馳走するのが好きなのは、人に喜んでもらうのを自分の喜びとして、得た富を分配する文化が根付いているのかもしれません。

第三章

夫との出会い

高校の同級生で誰もが一目置くほどの美人な友達がいて、卒業後は歌手となって芸能の仕事をしていました。台湾出身のテレサ・テンや欧陽菲菲が日本で大ヒットして一世を風靡したことがありますね。友達も日本で歌手としてデビューしましたが残念ながらあまり売れなかったようです。

私の妹は地元の日本企業の支社勤めをしており、その歌手の友達から誰か日本人を紹介してと頼まれていました。ちなみに妹は、酒飲みで煙草臭いからと日本人を好ましく思っていなかったのですが、責任は持ちませんのでご勝手にと一応は手筈を整えてくれて、友達と私の二人で、技術者として赴任していた日本人二人の男性とお会いしたのです。その時に出会ったのが主人で、私が惹かれたのは日本にとてもいいイメージを抱いていたからかもしれません。後になって主人に友達の方が美人なのにどうして私を選んだのかと聞いたところ、その友達が美人過ぎて怖い感じがして、私の方が丁度よいという答えでした。正直といえば正直ですが……これは聞いた私も野暮でしょうか。

その頃、友達の所属する台北のプロダクションで会計員としての仕事が舞い込み、嘉義から引っ越して勤め始めていたので、ちょうど主人と付き合い始めた頃と重なり、結果として遠距離恋愛になってしまいました。実家には内緒で、休みになると金曜日の夜行バスに乗って嘉義で暮らしている主人に会いに行き、日曜日の夜行バスで台北に戻っていたのです。たまたま早朝に近所の人が私を見かけたらしく、両親の知るところとなってしまいました。

軍人の父は日本が嫌いでしたので、日本人と一緒になることに大反対をされましたが、両親は駆け落ちしての結婚でしたので、誠実な感じの夫の人柄を信じてくれたのか、最後には折れてくれ一九八三年に結婚し、台湾での婚礼式を挙げてもらえました。友達も日本人と結婚したのですが、うまくいかずに離婚して台湾に帰っていきました。

慣習の違いや言葉の問題など、国際結婚はほんとうに大変でしたが、反対されても自分で選んだ道という意地もありました。それから何よりも厳しい父や母の苦労を見てきたからでしょうか、私はとにかく主人についていこうという強い思いで過ごしてきたように思います。

日本での新婚生活

結婚前に下見を兼ねて日本の地に降り立ち、夫と二人で新宿のレストランで食べたのは忘れもしないミートソース・スパゲティ。初めて食べたその味は何ともいえない変な甘さを感じ、私の口に合わず残念ながら食べることができなかったのでした。まだ台北で一人暮らしをしていた時で、家族に内緒で主人と一緒に来た日本ということもあり、新宿のせわしげに行き交う人の多さに圧倒され、空気に呑まれて胸がいっぱいだったということもあったのかもしれません。

結婚後すぐに、夫の台湾赴任が終わって日本に戻ることになり、暮らし始めたのは夫の会社近くの二階建てのアパートでした。その時はまだ日本の住宅事情を全く理解しておらず、ここがこれからの私たちのお城になるのだとドアを開け、うきうきと玄関から部屋に入りました。台所があって、次の間があって、その先の襖の向こうにはどんな部屋があるのかしらとガタゴトと開けると、そこはなんと押入れ……その部屋の狭さに愕然《がくぜん》としました。

わが実家は貧しいといえどもその頃になると地下一階地上三階建ての家に住むようになっていたので、いま思うと両親の頑張りに頭が下がります。

里帰りの度にいつも日本ではどんな家に住んでいるのかと、兄弟や友達から興味津々に聞かれます。初めの頃は六畳と四畳半の台所の狭さや、私は身長が172センチなので、天井が低くて圧迫感がありましたが、住めば都とはよく言ったもので、その狭さにも慣れ、かえって実用的な日本建築に感心するようになりました。コンパクトな住居の部屋のほかに押し入れや天袋の収納スペースが取られていて、そのほかに玄関には下駄箱やお風呂・トイレ・洗濯機置き場がそれぞれあって、狭くても工夫を凝らし作られている。それを体感して台湾で日本の家について表現するのは、中国のことわざの『麻雀雖小、五臓俱全』という言葉がふさわしいと思います。これはいい意味で、雀のように小さいけれどいろいろなものが備わっている、日本の職人さんたちの巧みな技のことを説明できます。ただ、両親や弟妹や友達に気軽に遊びに来てねと言えないことに忸怩《じくじ》たる思いを抱きましたけれど。

このアパートから私の日本での奮闘が始まったのです。言葉も生活習慣も違うなか、同じく新婚の夫婦が同じアパートに住んでいたので、何かにつけて教えてもらいました。日本人の人との距離の取り方、朝早くや夜遅く、休日は旦那さんがいるので電話をしない等々。

モーターの会社のエンジニア部門を担っていた夫は、技術者として多忙を極めていたこともあり、仕事が人生の全てのような企業戦士でしたので、朝出かけると夜遅くまで帰ってきません。新婚の頃は日本の環境に慣れず、まだ友達もいない頃でしたので頼れるのは夫だけ。夜になると寂しくて泣いてばかりいました。そして別れて台湾に帰ると言っては夫を困らせ、夫も帰っていいというのですが、お金もないしどうやって飛行機のチケットを買っていいのかも分からない。何もかも夫に頼っていたので、夜になってなかなか帰ってこない夫に苛立ち、会社に何度も早く帰ってきて！と矢の催促の電話を掛けていたので、会社ではまた伊藤さんの奥さんから電話だと有名だったようです。

今のように携帯で連絡を取り合いＬＩＮＥができれば、同僚の方たちに知れ渡ることは無かったかもしれませんね。

あまりに帰りが遅いので、どこかに寄り道をしているのではと夫の浮気を心配するほど、これは主人にも内緒ですが、こっそり会社を覗きに行ったこともありましたが、まあ、この心配は全くの杞憂《きゆう》でした。本当に仕事の虫というほど仕事が好きな人で、日曜日にも出勤するのと変わらず早起きの夫は、一人で何やらごそごそと工作をしていて趣味も仕事のような人でした。それに仕事で頻繁に外国出張していたこともあり、休日はあまり出かけたがらず、家族一緒に旅行をしたことがほとんどありません。それでも私が友達と出かけたり食事に行ったりするのを快《こころよ》く送り出してくれるような人でした。

夫の秋田の実家に初めて行ったときはまだ日本語もよく理解できず、お義母さんと意思の疎通《そつう》が取れなくて、何もできない嫁として映っていたように思いますし、今にして思えば至らぬ嫁で申し訳なかったと思います。帰り際に義母から渡された紙には「自己中心ダメ」という言葉が書かれていました。その時は何を書いているのか理解できていなかったので、その方が良かったかもしれません。

そして初めての子どもを産む時、実家には帰らず、日本で産むことにしました。しかしその時、夫はちょうど海外出張と重なってしまい、秋田から義母が来て手伝ってくれました。そしていよいよ夜中に陣痛が来た時に、タクシーではなく歩いて病院に行ったことは忘れられません。むかし堅気《かたぎ》の人ですし、秋田の寒く厳しい環境で生活してきた義母にとって、妊娠出産は病気ではないという意識が強かったのだと思いますが、私はいたわりを求めていたので、義母の厳しさがつらい思い出として記憶に残っています。お蔭でとても安産で子どもが生まれたのですけれど。

また出産後、夫が同僚を連れてお祝いに来てくれたのはいいのですが、まだ体調が本格的ではない頃で、おもてなしするお酒を準備しておらず、夫に買いに行かされたことは、子どもが三十歳を超えた今となっては時効でしょうか。

初めての出産の思い出として忘れられないのが、アパートの向かいの家の奥様からお祝いにとお赤飯をいただいたことです。食べてみるとしょっぱい味が……甘い味がするものだと思っていたので、これにもびっくり。北海道は甘納豆を入れたお赤飯だそうですね。ところ変われば風習も違うカルチャーショックの一つとして心に残っています。それ以来、何かお祝い事があるとお赤飯を作るようになりました。そして後年、茶道の講座で学んだのですが、贈り物にする時はお重箱にお赤飯を詰めて上に南天の葉っぱを飾り、風呂敷包みにしてお持ちするという風習があることを知り、自分でも真似するようになりました。南天は彩りを添え、難を転じるという縁起物の意味のほかに、解毒作用や殺菌・防腐作用があるそうです。しかし時代と共に、今ではお重箱を使うとお返しに気を使わせてしまうと考える時代になってしまい、日本の美しい風習が消えてしまうのは惜しまれます。その代わりに贈りものにはきれいな包装紙で包んだりリボンを掛けて飾ることを心掛け、包むという独特の日本文化は受け継いでいきたいと思います。

当時住んでいたアパートの一階は大家さんのお住まいでした。子どもが生まれたその頃は丁度紙おむつが発売されたばかりでまだ主に布おむつを使っていた時代、洗濯物を干す十分なベランダが無く、ベランダのフェンスを乗り越え大家さんの屋根の上に布団を干したのを見たアパートの友達に危ないと呆れられました。お転婆な一面が出てしまいましたが、家族が健やかに生活できるようにとの思いからなのですよ。

手探りの日本での生活でしたが、台湾に帰らなかった一番の理由はやはり子どもを授かったことで、余計なことを考える時間がないほど子育てで忙しくなったこともあります。この愛しい小さな命を守らなくてはという気持ちが強くなり、そして、この子たちを日本人として立派に育てなければという責任と愛情を抱きながら生活するようになったからです。教育のために私が話しかけるのは日本語だけで育てましたので、子どもたちは中国語が話せません。それが子どもたちにとって良かったのかどうかは分かりませんが、私としてはこれで良かったと思っています。

日本に馴染むために

まず生活をしていくうえで大切なことは日本語を学ぶこと。いつまでもくよくよしているのは私の性に合わないので、前向きに日本で生活をしていくために、外国からの移住者のための日本語教室に通い始めました。住んでいる市の高校の先生をされていた方がボランティアで運営されていて、日本語の学習の機会を得ることができ、少しずつ言葉を覚えていきました。日本語能力検定というものがあり三、二、一級となっていて、二級まで取得することができました。一級は日本語を母語としている人にも難しいそうで、言葉を深く理解していなければ取ることができません。日本語を読んだり聞いたりすることは大丈夫なのですが、いくつになっても日本語の文章の助詞の使い方は難しいです。

それから、公民館の方がとても熱心で、日本語教室のボランティアだけではなく、日帰り旅行などの取り組みもされていました。ひとつ、申し訳ないエピソードがあって、旅行の当日、珍しく雪が降り、こんな日は出かけないだろうと勝手に思い込んでいたら、どうして来なかったのかと叱られてしまい……決めたら実行する日本人の律義さに感心しましたが、バスの手配等々考えれば納得すること。それでもこんな日は延期してもと思うのは南国育ちの楽天的な性格ゆえかもしれませんね。これだけではなく担当の遠藤さんには親身になって細やかに多くのことを教えていただいたことをとても感謝しています。

しばらくした頃、私自身の友達を作ることはもちろん子どもの友達を作るにはどうすればいいか、公園デビューさせるためにどうすればいいかを考え、思い切って子どもの三歳の誕生日に、不二家で大きな苺のデコレーションケーキを買って、紙皿やフォークを持っていき、公園で遊んでいる子どもやお母さんを呼び集め、皆で食べてもらいました。ちょっと突拍子もない発想だったかもしれませんが、皆さんと交流できるきっかけが欲しかったのです。そのことがあってから皆と一気に仲良くなっていったのです。

そういえば子どもが小さい頃のことですが、子どもを公園で遊ばせながらママ友たちと話をしていた時に、近くに寄ってきた鳩を見て美味しそうと言ったら、ママ友たちに、えーっとびっくりして大笑いされたことがありました。台湾では鳩や家鴨の肉料理がありますし、実際に肉をさばくところを目にする機会もあり、ママ友たちの反応を面白く感じたものでした。日本では食べやすくなった適量の食材がパックになって売られ、簡単に調理でき、牛や豚や鶏肉などの食材の元の姿がすっかりわからなくなっています。台湾にいた頃は実家で豚を育てていましたし、どんな風に育てられ肉となって私たちの口に入るのか、生産と消費が直結していた暮らしが当たり前でした。長い日本での暮らしに慣れた今では、台湾のようにどーんと肉の塊が売られていると、これをどのように扱っていいのか悩んでしまうなと、思うようになりました。

ある時、子どもが「お友達のお母さんが、ママと友達になりたいって言ってたよ」と伝えられ、子どもを通じて親しくなってママ友になれた方もいます。いつでもオープンな気持ちでいると、相手から声を掛けてくれることもあるのだと実感し、ほんとうに嬉しいことでした。

ママ友の子育てを見ながら気づいたのは、何かいけないことをしてもとても優しく言い聞かす、諭《さと》すように子どもと向き合っている様子に驚きました。私の小さい頃は父がとても厳しく、いけないことはビシバシと強い口調で叱《しか》られていたので、自分の子どもにも同じような方針で育てていたのですが、これは学ぶべきところと感心しました。

子どもが小学校に上がる前に、行かせたい学校の学区にあるマンションに引っ越しました。部屋数が一つ増え、日本の生活に少しゆとりが出てきたように思います。

そうして仲良くなった友達を自宅に招き食事をしたり、友達も家に招待してくれるようになり、友達がまたその友達を誘ってくれて輪が広がり、みんなと一緒に台湾料理を作るようになったのです。

皮から作る手作り餃子、粽、香腸（ちょうづめ）、焼きビーフン、マーボ豆腐など、料理研究家ではないので自分の知っているものを教えます。

実をいうと、両親が料理を作るのを見てはいましたが、実家では自分で料理をしていなかったので、日本に来て初めて作るようになったのです。両親の作っていた料理を思い出しながら見よう見まねで、時には父に国際電話をかけて、作り方を教えてもらいながら調理しました。今は外国の食材が手に入りやすくなりましたが、買えないものも多く、父に国際郵便で香辛料などの食材を送ってもらったこともありました。結婚を反対していた父も、日本で娘がやっていることにすぐに対応してくれて協力的でしたので、もしかすると頼られることを嬉しく思っていたのかもしれません。

その頃には成城石井というスーパーに腸詰用の皮の材料が売られているのを知り、購入して挑戦したところ予想以上に上手にできたと思います。作ったものは後で皆さんと一緒に食べ、美味しいと喜んでいただけることが私の何よりの喜びでした。

自宅で試行錯誤をしながら料理教室をやっているうちに人数が増え、広い調理室のある地域センターなどを借りて、月に一度、十数人ほど集まるようになりました。役所からも頼まれて、ケーキや中国点心を作る料理教室をしたこともあります。中国料理を教えながら、反対に参加された皆さんから日本の家庭料理や習慣を学ぶこともできました。そして多くの方々とおしゃべりをしながら、豊かな日本語を学べたように思います。またその方たちから中国語を学びたいという話になり、「喜相逢」という教室を公民館で開くことになりました。学問の好きな方、満州生まれの方がいて漢詩などを北京語で読むとどうなるのかと興味を持たれ、お教えしたこともありました。

それから、市が主催している国際交流協会にも参加して、一月一日付で発行される広報のインタビューを受けたことがあり、市長さんと対談する機会を持つことができました。ちょうど日中国交正常化とともに在留日本人孤児の受け入れが始まり、私の住む地域では多くの方々を受け入れていたようです。外国育ちの人たちが日本の暮らしに馴染めるように、どんなことに困っているか、助かっているかなど、国際結婚をしてこの町で暮らす様子をお伝えしたように思います。

そのほかに、地域の婦人会ではお茶やお花など、日本の伝統文化を学ぶ講座が催されていて、時間があれば貪欲《どんよく》に何でも参加しました。会に来られていたのは子育てを一段落され、経験が豊かで包容力のある年上の方が多く、私は様々なことに未熟でしたし、日本についてまったく知らないことばかりだったので、とにかく吸収しようとひたすら努力あるのみでした。そんな姿勢が評価されたのか、素直だから教え甲斐があると言ってとても親切に指導していただき、それに甘えられる環境があったのがとてもありがたいことでした。マンガのサザエさんのような感じで、ちょっとした買い物にエプロン姿で井戸端会議《いどばたかいぎ》なんていう姿もまだ残っていて、とても楽しく地域に馴染んでいくことができたように思います。その頃はまだ専業主婦の方が多く、地域の人々との繋がりができ易い環境があったのでしょうね。今は皆さん共働きで毎日を忙しくされていて、近隣の方々との関わりが希薄になってきているので、私が日本に来た頃のように何も分からない異国の人々を受け入れ、濃密な時間を一緒に過ごすようなことは、かえって難しい時代になっているかもしれません。

人との交流の思い出はたくさんありますが、そのなかで忘れられないことの一つは、子どもが幼稚園の時にお孫さんを預けに来ていた錦谷さんと知り合ったこと。この方は商社にお勤めの時に台湾のお茶の魅力にとりつかれ、定年退職後も年に二回ほどはお茶を買いに台湾に出かけていたようです。亜熱帯で湿潤な台湾では、北部から中部にかけて茶葉の産地が多くあります。錦谷さんが行かれていたのは南投県埔里という紹興酒の産地としても有名なところで、水も空気もとても良いところです。高山茶、凍頂烏龍茶、鹿谷烏龍茶など一般的なお茶が生産されています。生産農家の方とも長年の親密な交流を重ねてこられたようで、行ったときには二、三週間ほど滞在し、私もお土産を頂いたことがあります。そのなかの一つの茶器は今も大切にしています。

ある時、錦谷さんからお土産があるから取りにおいでと言われ「取りに行きす」と言ったら「貰いに行きます」とか「頂きに伺います」と言うのだよと諭されたことがあります。微妙な日本語の言い回しに戸惑いながらも、このように日々の暮らしが学びであり、親切な周りの方々に助けられていました。

錦谷さんはすでにお亡くなりになりましたが、台湾に散骨されたと娘さんから伺いました。娘さんも茶農家さんと仲良くされているということで、今も台湾との懸け橋をされていることを思うと、私も何か役立ちたいと思う気持ちが湧いてきます。

錦谷さんは料理がお得意で、手作りの燻製サーモン、カレーライス、アンパン、カレーパンなどそれはもう絶品でした。作り方を伝授してもらわなかったのが心残りです。愛情をかけて作ったものは人の心に残っていくものなのだと実感しています。

そういえばと思い出したのは、昔お付き合いをしていた方が埔里の茶葉農家の出身で、家に遊びに行ったことです。台湾では家族ぐるみのお付き合いが当たり前なのです。その方とはどうして進展しなかったのか分かりませんが、今この私は日本で生活しているのですから縁《えん》は異《い》なものですね。

これは錦谷さんが魅了された一つだと思うのですが、台湾ではお茶のおもてなしは男の仕事で、「老人茶」と呼ばれています。お茶の品質には階級があり、茶葉を自慢しあったり茶器を見せ合ったりして、余裕のある男の人のたしなみとなっています。家には必ず茶器が用意されていて、お茶を入れるのは男の役目、実家に帰ると必ず弟がお茶を入れてくれます。

昔は日本でもお茶の文化は商人や武将たち男のたしなみとして流行ったそうですが、今はお茶の文化を守っているのは女の方が主流になっています。それでもお家元は主に男の方ですね。ただ、時代の流れの中で、お茶やお花を習う人が減っていると聞きます。長い年月を経て培われたものが伝統を守りながらどの様に生活に即した姿に変化を遂げ残っていくのでしょうね。

子どもを日本語だけで育てたと書きましたが、子どもの教育に関して私は家が貧しかったこともあり、子どもには十分な教育をさせたい思いがとても強くありました。自分ができなかったピアノやバレエ、水泳などいろいろと習わせました。そして孟母《もうぼ》三遷《さんせん》の習いに従い、小学校の高学年の頃に通わせたい高校の近くにと、今の家に三度目の引っ越しをしたのです。

里帰り

子どもが学校に上がる前は主人の出張に合わせて、学校に入ると夏休みや冬休みを利用してよく里帰りをしていました。そのたびに台湾で流行っているものが、目まぐるしく変わっていくのを肌で感じました。港式飲茶《やむちゃ》（香港発の飲茶）という日本でもよくある蒸焼売や海老餃子、ステーキ、一人鍋、日本流のラーメン屋、カレー屋など、日本で流行っているものはすぐ台湾でも流行ります。反対に台湾発のタピオカも日本で流行っていたこともあります。食文化の交流が、お互いを知るために欠かせない大切な方法なのだと思います。

それから、食べ物のほかに街並みも都会化していくのを台湾に行くたびに感じました。二〇〇七年に台湾高速鉄道（台湾新幹線）ができ、台北から高雄まで一時間三十分で行けるようになり、とても便利になりました。また子どもの頃に住んでいた正義新村の近辺も今では大きなビルが建ち、牧歌的な昔の風景の面影がすっかり消えてしまいました。町が発展するのは喜ばしいのですが、昔の面影が全く無くなってしまうのも寂しく、とても複雑な心境になります。

出会いの不思議

子どもが小さい頃の記憶を辿っていたら、台湾旅行に来ていて関仔嶺温泉で出会った早稲田大学のSさんのことを思い出しました。

結婚してしばらくしたあたり、たぶん娘が二歳ぐらいの頃だったと思います。文通はもう途絶えていたのですが思い切ってSさんに連絡をしてみました。するとまだ同じところにお住まいで、何とか連絡がとれたので再会の約束をして、私の住まいに近い小田急線の成城学園前駅で待ち合わせをして、駅からすぐの素敵な喫茶店に連れて行っていただきました。Sさんはすでにお勤めをされていて、その時にどんな話をしたのかもう忘れてしまいましたが、それ以来、西欧風なインテリアの落ち着きのある静かな店内で、美味しいケーキとお茶をいただけるこのお店の大ファンになり、何か特別な時はお店を訪れるようになりました。Sさんとはそれきり連絡が途絶え、一度もお会いすることなく三十年が過ぎたので、そんなことを知る由もないですね。

その頃の小田急線はまだ路面を走っていて、成城大学の学生たちが行きかう若々しさと閑静な雰囲気がありました。今は成城学園前駅で電車が地下になり、駅ビルは天井の高い開放感のあるおしゃれなビルに建て替わり都市化が進んでいますが、高級住宅街に続く洗練されて落ち着いた気風のある街のたたずまいは相変わらず残っています。歩くのが好きで、季節に彩られる景色を眺めながら街歩きを楽しんでいます。

第四章

働くはたらく

結婚前は別にして、子どもを産み育て専業主婦をしてきた私は、四十四歳にして初めて外に出て働こうと思い立ちました。この年齢になって働こうと思ったのは子育てが一段落したことと、雇用募集年齢がほとんど四十五歳までだったからです。

最初は地元の中国料理のレストランで採用され、厨房の仕事が希望でしたが、ウエイトレスとしてパートで働き始めました。制服に着替えて十一時の開店前にテーブルの拭き掃除、看板出し、まかないご飯を食べてからの開店。ランチメニュー（二品の小皿料理、スープ、搾菜《ザーサイ》、白ご飯、杏仁豆腐）、麺料理（つゆそば、五目そば、担々麺）、チャーハンなどが人気で、地元では有名でお客様も多く来店していました。一日目は四時間の立ち仕事の後、家に帰ると腰が折れるほど痛くなり、畳に寝転んでなかなか立ち上がれませんでした。しばらくして学校から帰ってきた子どもたちが心配そうに見ているので、早々に音《ね》を上げる訳にはいかないと、自分を奮《ふる》い立たせていました。

料理店は店長、チーフと、アルバイトの仲間は主婦、学生さん、料理長、調理師、皿洗い専門者などでワンチーム。三か月ほど勤めた頃に、同僚からあなたは向いていないと言われました。ずっと家庭の中だけで生活してきたので何か至らないところがあり、行き違いもあったのでしょう。私はここでは働けないのだとあきらめましたが、落ち込んでいるのは性に合わないので、すぐに見つけたのがお弁当屋さん。

しかし、仕事が向いていないというのは店長の意向ではないことが分かり、結局は中国料理のレストランを辞めずにお弁当屋さんと二か所で働くことにしました。

この頃、仕事をしていた私の言葉を友達が覚えていてくれました。「お客様が入店された時はそうでもないけれど、お食事が進むにつれて皆さんがニコニコと笑顔になり和気あいあいとなって帰っていかれるのがとても嬉しい」と言っていたそうなのです。言った本人はすっかり忘れていましたが、確かにそんな想いがあったからこそ、食に携わる仕事を選んできたといえるのでしょうね。

お弁当屋さんでは揚げ物担当で、朝からお昼過ぎまでコロッケやカツなどを揚げていました。首にタオルを巻いて揚げ物を作っていると、食堂をやっていた実家の情景が思い出され、同じことをしている父や母の姿と重なり、自分の原点に返ったような気がしました。それなりに仕事はできていましたが、たまにカラッと上手にできていないと、社長に苦情を言われました。そのことが心にひっかかり、どうして失敗するのかが悩みどころでした。

そんな折に祖師ヶ谷大蔵駅の近くに、とても人気のあるお料理を出す洋食のレストランを見つけ、やってみたいことは即実行の私はそこでも働かせてもらうことになりました。

主婦のパートで短時間を一週間で振り分けて、三か所で働くことになったのです。お弁当屋さんは主に朝からお昼過ぎまで、売れ残ったお惣菜を頂けて主婦としてはありがたいことでした。

中国料理店には夜のパートに入ります。学生のアルバイトが多く活気があり、仕事の終わりに若い学生たちと一緒になって夜の遅い時間に余り物を食べていたら、てき面に体重が増え、足の痛みや腰痛など体に不調が出てきて、整骨院の常連になってしまいました。栄養学を学んだ今、考えてみれば生活習慣病の一歩手前だったことに気づきました。

洋食のレストランでは調理をやりたかったのですが、意向とは違い皿洗いが専門になりました。考えてみれば、おいそれと厨房に立つなんてことはできないですね。そんなことにめげることなく、何でも好奇心をもち取り組んでいたところ、そのレストランに調理師専門学校の学生が研修に来ているのを見て、調理場に立つのが夢の私は、がぜん調理師の免許を取りたいと思うようになりました。何よりこの洋食店の店主がとても一本気な方で、シェフとしてお店を持ち経営する心がまえに強く感じ入るところがあり、その影響もあって自分の夢が持てるようになったのだと思います。

ここのシェフから立ち仕事を元気に続けてられているのは、近くにある温泉銭湯で一日の疲れを癒すことで翌日にはまた頑張れるという話を伺い、私も仕事帰りにこの温泉を利用するようになりました。今でもほとんど欠かすことなく通っています。何よりさまざまな年代層の人や、多様な仕事をしている人たちと気軽に声を掛け合い親しくなれる場所として、銭湯の良さを実感しています。ちなみにここの温泉銭湯は黒湯になっていて、電気風呂やジャグジー、水風呂、冷凍サウナ、ミストサウナ、高温サウナなどがあり、銭湯の料金で入れるので、家風呂がある近隣の方たちはもろろん、車で通っている方もいるほどです。若い頃に白河関仔嶺温泉で働いていたこともあり、温泉の効能は体感していたので、仕事帰りや学校に通っていた多忙な時もこの温泉銭湯で疲れを取り、日々の活力になっています。

（そしがや温泉21は残念ながら令和五年三月三十一日をもって閉店となりました。）

第五章

調理師の資格をとるために

調理師に興味を抱きはじめ、友達の原さんに相談したところ、調理師学校についての詳しい内容を調べる手助けや、今後どのようにすればいいのかアドバイスをくださり、具体的に動いてみようと思う気持ちになりました。

実際に町田調理師専門学校を訪れて、学び舎としての清潔さや活気を体感し、五十一歳の時にこの学校に通うことを決心しました。実に三十三年ぶりの学校です。その学校は二年コースと一年コースが二クラスずつあり、私は一年コースに入りました。

クラスは三十五人で、高校を卒業してすぐ調理師を目指し入学した若い人たちのほかに、私よりも年上で先生を定年退職された方や主婦の方もいて、男女半々ぐらい、クラスは皆が心を寄せてワンチームとなり、授業についていて分からないところを教えてもらったり、宿題を助けてもらったり、調理実習では皆と協力しあい和気あいあいとした雰囲気で、ほんとうに楽しい学び舎でした。

栄養学や調理学などの机上の理論的な学問はもちろんですが、調理実習で白い帽子を被り白い制服《コックコート》を着てピカピカと光る調理台の前に立った時は、身が引き締まる思いがしました。

そして一年間を学び終えて、無事に調理師免許を取得しました。

ここでの自慢したいことの一つとして、この調理師学校では全校を上げて年一回開催されるけやき祭という文化祭があります。日本料理、西洋料理、中国料理と三部門の中から何を担当したいか選ぶのです。それから二、三人のグループに分かれ、皆で話し合ってテーマを決め、それに沿った料理を作って飾り、腕を競いあいます。中国料理の私たち三人グループが考えたのは、この学校に集い学びあい、力を合わせ、大いに盛り上げてお祝いしましょうという気持ちを込めることでした。「欅樹同慶」と題して、桃饅頭をピラミッドのように積み重ね、その象徴としました。そのほかにも鯛の姿を活かした華やかなお料理などが認められ、一番の校長賞を受賞したことは何よりも嬉しい思い出です。

そしてコースの最後に、費用もかかるので迷いに迷ったのですが、子どもたちにはこんなチャンスは二度とないからと応援され参加した卒業研修旅行は、まさに夢のようでした。訪れたのはフランスで、多くの日本人の方が観光で訪れている国なので珍しくはないかもしれませんが、やはりヨーロッパへの海外旅行となると胸が高鳴り、初めてのヨーロッパ旅行はとても貴重な経験となりました。

最初に注意されたのは、移民や難民が多い格差社会なのでスリに注意すること。これは生きるための非情だけれども切実な手段とのガイドの説明でした。また、お水は高いのでレストランに入るときはスーパーでペットボトルの水を買って入ることなど、お国の事情の説明を受けて臨んだのでした。

フランス郊外のシャンパンで有名なポメリーというお城のようなワイナリーを訪れました。ここでは洞窟の中にワインを保存し、最適の温度で熟成されるようになっているのだそうです。それから二つ星のレストランではドレスコードで決め、本場のディナーをいただきました。フランス料理の特色は葉っぱなど一つ一つのパーツやソースをとても大事に扱い、心が洗われるようなセンスの良さで、お皿自体が一枚の絵画のように飾られています。これは芸術の国のフランスが生んだマジックなのではないかと思うのです。

それから、この調理師専門学校の卒業生でパリにお店を構えたパティスリー・サダハル・アオキを尋ねるという目的がコースに入っていて、お会いできるのをとても楽しみにしていました。パリ住まいの青木さんには懐かしいかもと、お煎餅を手土産にお持ちしたところ喜んでいただけたようでした。その後、バレンタインデーの頃に日本のデパートでチョコレート店を出されている青木さんをお尋ねしました。私のことを覚えていて下さり、旅行での出会いにより繋がりを持てたことも嬉しい思い出となりました。

ワイナリーに行く途中のお店で食事をしていた時に感じたのはフランス人の正直さ?です。かっこいいハンサムなウエイターなのですが、私たち研修仲間が同じテーブルについて食事をしているのに、若くてかわいらしい女性には次々と料理を運んで、私や男の人にはなかなか料理が届きません。これが日本なら顰蹙《ひんしゅく》ものですが、年配の女性を大切にすると聞くフランスでも、若くてきれいな人をあからさまに優先するのです。何か腑《ふ》に落ちない理不尽さを感じましたが、人間の本能として若くて美しい人に惹かれるのは仕方ないことなのかもしれませんね。

それはさておき、自由時間には若い同級生がスケジュールを組んでくれて、パリの街を散策しました。古くて重厚なヨーロッパ建築が大切にされている街並みや素敵なカフェやレストランを見ると、絵に描きたくなるような素敵な雰囲気があり、毎日そこでコーヒーを飲みたいような気持ちになりますね。まさしく憧れのパリの風景が目の前にありました。また、ルイ・ヴィトンなど有名なブランドの店では守衛として体格の立派な人が立ち、簡単には入れないような威厳を感じながら、記念にと小さなポシェットを手に入れました。いろいろな人種の人たちが行きかうシャンゼリゼ通りを歩いていると、東洋人と西洋人の違いを肌で感じるのでした。圧巻はやはり何といってもベルサイユ宮殿で、王妃様たちの広々とした寝室や、様々な色彩を使い金彩が施された装飾の家具、豪華絢爛なガラス飾りに過去の栄光の名残りを目にしました。実際に現地に立ち空気を吸い、鑑賞するだけでも当時の人々の大変な労力の上に成り立った栄華を体感することができました。修復中の所もあり全部を見ることはできませんでしたが一端に触れることができただけでも満足でした。ルーブル美術館には時間が足りずに行けなくて残念でした。

そして二〇〇九年に調理師学校を卒業後、私には考えてもいなかった劇的な展開が待ち受けていたのです。ここの調理師専門学校の就職率はとてもよく、ほとんどの卒業生がレストランやホテル、学校、幼稚園、介護施設などに就職できます。担任の林先生からあなたなら大丈夫と推薦され、モロッコ王国大使館公邸の調理補助の職場を紹介してくださいました。一般的ではない職場なので他の卒業生たちは敬遠したらしいのですが、先生があなたなら大丈夫と私に勧めてくれたのです。それは多分住んでいる市の国際交流でいろいろな国の人たちと交流していたこともあり、少なからず人生経験を積んでいることや、何より人付き合いの好きな私の性格をよく見ていて下さり感じていただけた「大丈夫」のように思います。

第六章

モロッコ王国大使館公邸で働く

思い返してみればモロッコ王国大使館公邸で料理補助の仕事をさせていただいたことは、夫と出会って日本に来て以来の、私の人生が大きく動いたターニングポイントのような気がします。

紹介された駐日モロッコ王国公邸に面接のために地図を頼りに訪れると、そこには住宅とは思えない瀟洒《しょうしゃ》で高級な建物があるだけで、他を探しても住所の番地にはその建物以外見当たらず、恐る恐る中に入りフロントで尋ねるとこの建物で間違いないとのことでした。館内は広々とした通路にサロンのような大きなソファーが両側にしつらえてあり、エレベーターで案内されたフロアに降りると、王国の国旗が掲げてありました。にこやかにアルール大使夫人に応対していただきました。大使夫人は日本人で女優さんのように若くて美しく凛とした方で、大使は風格のある方ですが、愛犬のミミを抱いておられましたので親しみや優しさを感じました。

夫人に公邸の注意事項などの説明を受けて厨房を見せていただき、モロッコ人の女性料理人とは軽く会釈しただけでその日はひとまず面接を終えました。そして後日、晴れて無事に採用の連絡を受け、正式に働くことになりました。

仕事の内容はモロッコ料理人マリカさんの調理補助の仕事でしたが、それからが大変。まず、言語が通じないのです。マリカさんはモロッコ方言のダリジャというアラビア語、フィリピン人のメイドのローズさんは母国語と英語、私は日本語と中国語だけしか話せず、公邸で働くスタッフの共通言語はありませんでした。唯一みんなと言語で繋がれるのは大使夫人だけでしたので

ホテルオークラ、年一度のモロッコのイベント。
厨房の仲間たちと

通訳をしていただきましたが、徐々に聞きたいことがある時には身振り手振りでなんとか通じ合うようになりました。やっとわかったことはマリカさんはモロッコのフェーズの生まれで、性格の真すぐな人。小さい頃から料理の手伝いをしてきているので全て勘で判断します。小麦粉、バター、塩、調味料などを、秤は使わず全て目分量で大人数の料理も作ります。小麦粉は指先の感覚で薄力粉か強力粉かを判断できるらしく、凄いことだと感心しました。そして肉やカボチャなどの硬いものはまな板を使いますが、その他の食材はまな板を使わずに小さなナイフで器用に手のひらで切っていくのです。

そしてマリカさんが作るモロッコ料理は美味しいけれど、調理後の厨房はまるで鴉に荒らされたような惨状で、調理台や流し台から床にいたるまで散らかっていて、とても困りました。しかし本人は一生懸命やっていることだし、自分も手助けをして頑張りたいと思いました。

またマリカさんは敬虔《けいけん》なイスラム教徒で、方位を確かめ五体投地をしながら一日三回の礼拝を欠かさず行っていました。そして禁忌とされる豚肉とアルコールは口にしない。しかしここが問題で、大使夫人は私たちの買い物の大変さを軽減するために食料品をネットで購入していましたが、マリカさんには日本の醤油、みりんなどの調味料がアルコールではないかと信用してもらえません。モロッコと日本の国情も違いますので、食材のメーカーが違えば包装などの違いは仕方がないこと。でもマリカさんはバター、強力粉、薄力粉、セモリナ粉などは、いつも使うメーカーでないと品質が悪いものと誤解して使わず、その頑固さも相当なもの。しかし、買った小麦粉を使わないのは勿体ないという話になり、マリカさんには内緒で中身を入れ替えることに。ところがそれがマリカさんにバレて臍《へそ》を曲げてしまい……。日本の製品は小麦にしろバターにしろ多くのメーカーがあり迷いますが、品質が悪いものはありません。包装の見た目の違いで品質に変わりないことをいくら説明しても理解してもらえず、マリカさんはすっかりご機嫌を損ねてしばらく口を聞いてもらえなくなってしまいました。それでも休みの日はショッピングしたいと言って秋葉原や百円均一ショップに連れて行って欲しいなどと頼まれ、二人でお出かけしていました。遊びのときはほがらかですが、仕事のときは別人でした。マリカさんにしてみればモロッコを遠く離れ、日本語が読めない話せないもどかしい日々、友達もいなくて、自分にとって大切なのは料理人としての矜持《きょうじ》だったのかもしれませんね。よく考えたら、遠く異国に来たマリカさんと私の寂しい気持ちに変わりなく、同じような想いを抱いていたのでしょう。

マリカさんはある日、一年に一度行われるホテルでのモロッコ王国大使主催のパーティの後、経緯は謎のまま翌日荷物をまとめて自国に帰ってしまいました。故郷が恋しくなって居ても立ってもいられなくなってしまったのでしょうか。

ラティファさんと一緒に

その後、カサブランカ出身の料理人ラティファさんが来られました。最初は誰もが緊張しますので強張っているような雰囲気でしたが、だんだんと慣れてくると母親のような落ち着きを見せ、お料理を作る先から厨房も片付け、とても手際よく段取りを決めて料理をされる方でした。ラティファさんは少しだけ英語が話せます。そして打ち解けてくると自家製のおかずやお菓子を持ってきて昼食の時にご馳走してくれたりするようになり、心休まるランチタイムになりました。また、ラティファさんもイスラム教徒で毎日三回の礼拝を行っていました。

それからラティファさんはとてもおしゃれで手先が器用、着ている貫頭衣《かんとうい》の形の民族衣装カフタンは自分で仕立てたもの。やはり一緒に秋葉原や骨董市に日本の古い着物を買いに行き、それをリメイクして、モロッコの衣装に作り変えるのです。そのうちの衣装を一枚譲っていただきました。私も古着屋で探して気に入って買った青い花柄模様の銘仙の着物をリメイクしてもらいました。それを着ていると、電車の中で知らない人に素敵ですねと声を掛けられたこともありました。ラティファさんはとても行動力があり、二、三度一緒に出かけた後は一人でも大丈夫と自分で出かけて行っていたようです。それから私の通っている温泉銭湯に誘って一緒に行くようになり、私の自宅に呼んで、ご馳走したこともあります。しかし、いつか一緒に旅行ができればといいなと思うほど親しくしていたラティファさんですが、残念なことに体調を崩し、大使の任期満了を待たずに本国に帰って行かれました。

まだマリカさんがいる時にメイドのローズさんが辞められた後、同じ国のフィリピン人のリンダさんが来られました。彼女は日本でベテランのメイドさんでしたので日本語が通じ、とても気の利く方で手際よく仕事をこなし、助けていただくことも多々ありました。

大使公邸での仕事は至らないことも多く、本当に苦戦の日々でした。調理師学校を出たとはいえ、レパートリーはまだまだ少なく、大使夫人から出された注文の料理を知らない時は、大急ぎで調理師学校の仲間にメールして作り方を聞きながら作ったこともありました。もちろんモロッコ料理も全くの初心者。今まで食べたこともないので、心を引き締めてモロッコ料理を知ることから始めました。まずは料理本を買って読み漁りましたが本だけでは実際の味が把握できないので、まずは東京のモロッコ料理専門店を捜して三、四店舗ほどお店に食べにいきました。しかし公邸でお迎えするのは一般的なお客様ではありませんので、なんとなく参考になる程度でした。結局のところ勘が頼りの料理人のマリカさんではなく、大使夫人からモロッコ料理の味と作り方を伝授いただき、それが私のモロッコ料理の学びの真髄でした。

また、モロッコ王国大使館公邸では、お客様をご招待してお食事が振る舞われることがよくあり、その時は大使も夫人もお客様の満足を第一にと気を配り、細かなスケジュールが組まれていて、その指示を受けながらお客様に合わせて料理を用意するのですが、タイミングが難しく緊張の連続。全員が揃う前に食前酒のシャンパンとアペリティフとしてちょっとしたおつまみをお出しする。その時間は名刺交換や紹介の場となります。皆さんが揃われると前菜、作り立てのホカホカのパン、白ワインをお出しします。それから公邸の晩餐会の料理出しはモロッコの宮廷と同じように振る舞われ、大きい皿にきれいにお料理を盛り付け豪華な銀の器にのせます。一般の器よりずっと重く、人数分の一・五倍の量をお出しします。これはとても重いので、モロッコ人のディナールさんという男性スタッフが活躍してくれました。サービスをする人は正装に白い手袋を付けます。お上客から添えられたスプーンとフォークで、各自好きなだけ取ってお召し上がりいただきます。だいたい二回ほど廻してから次の料理を開始……。私は慣れない頃は配膳中にこぼしてしまうという失敗もありました。

ほかにも穴があったら入りたいような失敗も。例えば大使夫妻が大事な楽しみにしている厨房の隅に置かれていた特別なワインを料理用に使ってしまったり、スパゲティを所望されたので冷蔵庫の肉をミンチにして作ったところとても美味しいとほめられたのですが、後になってステーキ用の肉だったことが分かり、奥様からどうして聞かなかないのと注意されたり……思い込みで仕事をしてはいけないと、今でも戒めとなっています。

失敗談ばかりではありません。奥様に重宝された一つがテーブルセッティングで、私の役目でした。食卓は白いテーブルクロスが必須です。そして、白いクロスの上にその時々の季節のお花を飾ります。基本形は夫人から教わります。向かいの方のお顔が見えるように花の丈を短めにすること、料理の邪魔にならないように香りのないお花を活けることなど、ずっと婦人会の教室でお花やお茶を習っていたことがとても役立ちました。アレンジして華やかにお花を飾るのは仕事でもありながら、自分の趣味も活かせ、ささやかながらとても楽しい時間でした。公邸に贈り物として届けられたお花を飾ることもあり、また、奥様が育てているベランダ庭園のハーブなどもお料理に使わせていただいたこともありました。

モロッコというと映画『カサブランカ』をご覧になった方も多くいらっしゃるのではないでしょうか。地図で見るとアフリカ、ヨーロッパ、アメリカ大陸との橋渡しのような重要なところに位置していますね。

それから、モロッコ料理というとやはりクスクスが有名で、日本のちらし寿司のような位置づけになるでしょうか。お祝い事や大事な行事に作られたり、金曜日のお昼に食べる習わしがあるようです。公邸でのパーティの際はいつもお出ししていました。パスタの原料のセモリナ粉を捏ねて細かく粒状にしたもので、粟《あわ》のような感じです。乾燥したクスクスを適度な水と少量の塩と油を混ぜて蒸し、四、五回混ぜて均等に蒸しあげます。そして牛肉や羊肉や鶏肉と季節の野菜（人参、大根、南瓜、カブ、ズッキーニ、空豆、ひよこ豆、玉葱、コリアンダーなど）に香辛料（ジンジャーパウダー、ターメリックパウダー、塩、ホワイトペッパー、サフラン、オリーブオイル、トマト、トマトソース）を入れて煮こみます。大皿に蒸したクスクスを土台にして真ん中にたっぷりの肉を並べ、覆うように煮込んだ野菜を彩りよく放射状に豪華に飾ります。家庭では3～5種類の野菜が一般的なようですが、公邸では7種以上の野菜が使われていました。ほかにタジン鍋（蒸し煮込み料理）には山高帽子のような独特の形の鍋を使いますが、これが日常食として主に食べられているようです。ほかにハリラスープ（断食の後に食されます）、魚の蒸焼き、ケフタと呼ばれるミートボール料理、パスティラというミートパイやメルウィーという薄く伸ばし

タジン鍋

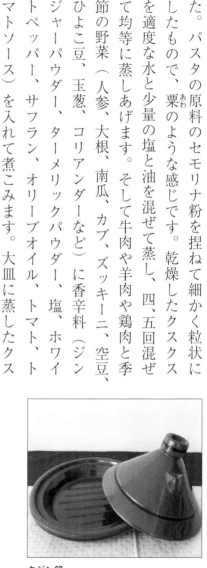

たパンなどもあります。

彩りや風味を出すために欠かせないサフランやオリーブオイル、アルガンオイルは、モロッコの特産品となっていて、特にアルガンオイルは日本ではなかなか馴染みがありませんが、ほのかな独特の香りを放ちます。モロッコの南西部にしか生えていないアルガンツリーという木から採取され、オリーブオイルよりも抗酸化作用があるといわれ、高濃度のビタミンEやオレイン酸が含まれているのだとか。食用よりもアロマオイルのキャリアオイルとして手に入りやすくなっています。それから香りの高い薔薇が栽培されていて、そのローズウォーターやオレンジウォーターも特産品で、料理に使ったり肌につけたりされています。

食後には紅茶、コーヒー、銀のポットを使って生のミントをもんでお砂糖を入れたミントティや、烏龍茶系の茶葉にミントを入れたお茶などをいただきます。男性スタッフのディナールさんの入れるお茶はとても美味しく、豪華な食事を盛る器がピカピカと輝いているのもディナールさんの銀器磨きの腕にかかっていました。

そして意外な食べ物は松茸で、はるばるモロッコから日本に運ばれてきているのですよ。

食べ物のほかに、イスラム教ではムシャラビアというダイアモンド型の装飾が特色のようで、大使夫人の工夫により公邸の間仕切りとして刺繍の美しいタペストリィにされたり、窓ガラスに白いシールで模様を施されたりしていました。部屋に入ると独特の雰囲気を味わうことができ、私もただ調理補助としての仕事をするだけでなく、ここの雰囲気に合うような品のある振る舞いをしなくてはいけないという気持ちになりました。

ある日、西欧のテーブルマナーを本格的に日本に紹介された今田美奈子先生が生徒さん達を連れて公邸にいらっしゃったことがありました。その時に今田先生の指導を垣間見ながら、こちらでの仕事に活かせるよう本格的なマナーを身につけたいと思い新宿高島屋の教室に二年ほど通うきっかけとなりました。

モロッコ王国は日本の皇室とも縁があり今の天皇が皇太子時代の一九九一年にモロッコをご訪問されています。その際にはアルールご夫妻もご尽力されたようです。

また、私が勤めていた頃は、モロッコ王国を含めたアラブ諸国の婦人会主催のチャリティが東京のホテルで行われていました。それぞれの国の特産品の販売を中心にした文化交流の場となっていたようです。私もお手伝いをさせていただいたのですが、多くの財界人や政治家の奥様が来られていて、このように地道な国際交流活動でお互いの理解を深めることが、平和な世界を築く一端を担っているのでしょうね。奥様もそのために奮闘されておられ、いつも忙しくされていました。

印象的だったのは独特の衣装に身を包んだベリーダンスで、オリエンタルダンスともいわれているようです。私が観たときは踊り手が日本人でしたが、腰の動きや手の動きと肌を出した衣装がとてもセクシーで、女性が身体を隠すことが風習のなかにあって、非日常の特別な世界にいざなわれるようでした。

ホテルでの仕事

公邸での大イベントとして年に一度、ホテルオークラ東京でモロッコ王国大使主催の三〇〇名ほどのお客様をお招きするパーティが開催されていました。その時に日本語の不得手なモロッコ人料理長に代わって、食材の発注を考え、ホテルスタッフの仲立ちをすることもありました。

また、ホテルオークラ福岡でモロッコを紹介するイベントが行われた時には、料理

福岡出張時のホテルオークラ厨房

長に代わり私が随行して料理の手筈のお手伝いに加えていただき、一流のシェフが集う現場を実際に目にすることができました。大人数の盛大なパーティの場に居合わせ一緒に仕事ができたことは、今となっては唯一無二の素晴らしい機会を与えていただいたのだなあと感慨深いです。

ほかに、夏のバカンスの期間、モロッコ王国大使夫妻は本国に帰られるので、私の仕事はお休みになります。大使夫人はその間のことをご配慮下さり、料理の勉強を兼ねていろいろなホテルのレストランや専門料理店などで、研修の機会を授けて下さいました。この研修でとても貴重な現場での仕事を経験できたことで、私にとって本当の意味での、調理師の心構えを培《つちか》うことができたように思います。モロッコ大使館公邸でお仕事ができたことはもちろんですが、こういう稀有な体験をさせていただいたことも大使や夫人のお蔭と深く心に刻んでいます。

また、これは裏話ですが、和洋中の専門店ではそれぞれに料理の特色はシェフの違いに重なっていると肌で感じることがありました。中国料理のシェフは時間との勝負なのでいつも緊迫感に包まれていましたが、時に冗談もでるような面白さがありました。日本料理は出しゃばりやおしゃべりは嫌われるようで、控えめに大将の雰囲気を読まなくてはいけない感じでした。フランス料理は優雅で、おしゃれなシェフが多いように思いました。

ホテルオークラ東京厨房にて

公邸での仕事は大使が代わると職員も入れ代わりますが、その前に私の家庭の事情で、コンスタントに働けなくなり辞めさせてもらい、人手の必要な時にだけお手伝いさせていただきました。

第七章

ホテルオークラ東京で働く

その後、パーティでご縁のあったホテルオークラ東京のシェフからお声掛けをいただき、二〇一四年一〇月からホテルの厨房で働けるようになりました。

とても恵まれた環境で仕事ができるのが夢のようでした。そこで、手際よいシェフの仕事ぶりはもちろんのこと、お客様に喜んでいただけるように季節や今の時代に合わせた料理を作られる厨房での仕事に接しながら、自分に足りないものとして、料理の知識をより一層高めたいと思うようになったのです。まずは身体を健康に保つために最も大切な食について基本から勉強しようと思い立ちました。

そして高い技術集団であるホテルでの仕事に見合うものを身に付け、これからの仕事に活かせないものかと思ったのでした。

この思いが第一章で書いた栄養士の資格を取るための勉強へと繋がって行ったのです。

厨房には二〇一四年七月二十九日付けで、池田社長（当時）がご紹介された言葉が書き留められていて、とても感銘をうけ、仕事に対する私の座右の銘とするように心がけています。この言葉はＳＮＳで広まり引用されたそうです。

それは「正範語録」というもので、仕事だけではなく生活全般において大切な言葉と思うのでここに記しておきます。

実力の差は努力の差
実績の差は責任感の差
人格の差は苦労の差
判断力の差は情報の差
真剣だと知恵が出る
中途半端だと愚痴が出る
いい加減だと言い訳ばかり

本気でするから大抵のことはできる
本気でするから何でも面白い
本気でしているから誰かが助けてくれる

これらの言葉に心温まり、強くなりたいと誓《ちか》いました。
一日の仕事始めには、みなさんと一緒にホテルオークラスピリットを唱和します。

1　常に前進せよ！
2　世界一のホテルを目指せ！
3　和を保て！
4　親切に徹せよ！
5　楽しい職場をつくれ！

こちらでの今の仕事は、ゆったりとくつろいでいただける37階にあるクラブラウンジにて、お出しする料理を担当しています。レストランとはまたひと味違い、オードブルとして手のひらに載る芸術品のように、繊細な色彩と味覚を食材で演出し、お客様に届けるお料理です。お出しするものはライトリフレッシュメント(14時～16時半)と夜のイブニングカクテル（17時～19時半）でメニューが変わり、夜になるとお酒の種類が増えるのでそれに合うものになります。その後ナイトスナック（19時～21時）になります。

アフタヌーンの時間帯にはサンドイッチを主に温製と冷製に分けられ、ベースになるパンは小麦粉の食パン・米粉パン・全量粉の食パン・バゲット・ブリオッシュ・クロワッサン・フォカッチャ・デニッシュ・ピザ・キッシュなど多岐にわたります。

イブニングになるとお酒にもあうような温製料理や冷製料理が増え、鮮魚や豚や鶏・ブランドの島根県産オークラ牛・チーズ・旬の野菜・季節のフルーツ・ケーキデザートなど、ありとあらゆる豊富な種類の中から、必ず入れる組み合わせを守りながら、日替わりで作り上げていきます。

どんな材料を使いデザインするかは毎日シェフの指示があり、毎回違うのでシェフの芸術性を学びながら、その通りに作っていきます。それぞれの食材を活かすのはもちろん、どのように飾って演出するか、コロナ禍になって小さな皿に盛り付ける場合が多くなりましたが、大皿を用いて物語を作るようにダイナミックでありながら繊細な盛り合わせは、ホテルならではの華やかさがあり見事。スタッフのひとりなので当たり前ですが、完成したものを一番先に見られる光栄と、さあ！これからお客様にご満足いただけるようにお迎えしましょう！というシェフの心意気を毎回実感していま す。

それから、シェフのお料理への想いをきちんとお届けするために、たくさんのことに気を配らねばなりません。最も神経を使うのがアレルギー対応の問題です。表示が義務付けられている特定原材料としてよく目にするのが、『エビ・カニ・小麦・そば・卵・乳・落花生』の七種類。それらのほかにも、表示が推奨される準特定原材料として『あわび・イカ・イクラ・オレンジ・カシューナッツ・キウイフルーツ・牛肉・くるみ・ごま・鮭・鯖・大豆・鶏肉・バナナ・豚肉・まつたけ・もも・やまいも・りんご・ゼラチン・アーモンド』の二十一種類があります。これ以外にもお客様に合わせた特別な対応が必要不可欠で、人の命に関わることでもあり、毎日全ての使った食材とアレルギーの記入が大切な日課となっていて、スタッフ一同の徹底した意思の疎通が欠かせない項目の一つです。

限られたスペースの厨房で、スタッフの皆に分かり易く表示をして、使いやすいように配置を整え、お料理を作り、並べ、洗われた食器を再度アルコールで拭き直し、次の日の仕事の準備をするという流れが、身の回りの整理と清掃と共に、頭も整理しているように思います。

厳しさと技術と気配りを持ったシェフたちに導かれ、厨房では一つの家族となって働いているような気持ちを持って、そんな時間を大切にできればと思いますが、繊細な心配りが必要な試練の日々に、追い立てられているような気持ちになることも。時として初心を忘れないよう正範語録を思い出し、自分を高める姿勢を保とうと思って仕事に取り組んでいます。

第八章

父

この文章を書き始めてしばらくたった二〇二一年六月一日の夜中に珍しく弟から電話が入りました。父が身罷《みまか》ったとの訃報でした。年齢も年齢なのでいつ何時、そのような連絡があってもおかしくないとは思っていましたが、現実になると全身から血の気が引き、悲しみの淵に投げ込まれたような気持ちになってしまいました。戸籍上は享年一〇一歳でした。

嘉義と台北に住む弟二人が、三年づつ交代をしながらずっと在宅介護にて父の世話をしてくれていましたが、ちょうど、父が自分で買った嘉義の家にいた時でした。就寝中に本当に眠るように亡くなったそうなので、大往生といえるでしょうか。

私が栄養士の免許を取るために短大に通っていた頃は、とにかく父が無事でいてくれるようにと願い、いつも気にかけていました。そして卒業し、免許を取ったことを無事に父に報告することができ、ありがたいことと思っていました。

生活に追われていてずっとお見舞いにも行けずにいたこともあり、里帰りができるかどうか台北駐日經済文化代表處に問い合わせたところ、コロナ禍での訃報に葬儀でも異例なしとのことで、台湾へ入国は叶わないことが分かりました。遠くに離れて暮らしていても、生きていてくれるだけで心の拠《よ》り所のような存在でしたので、本当に無念で寂しい想いでいっぱいの気持ちになりました。

そういえば父の生まれた百年前にはスペイン風邪がはやり、今と同じように世界中が混迷の時代だったのです。そして、十代の頃、軍の部隊に入り国民党と共産党の内乱や日中の戦乱の中を生き抜いて来た青春時代、台湾に渡り、母と出会い、祖父に結婚を反対され、教育を受けていないために軍隊の低い身分、それでも私たち兄弟姉妹五人と従姉妹一人と祖母たち家族の生活を支えるために一所懸命に朝から晩まで働きつづけてきた頑張りは、弟妹たちみんなの知るところであり、誰もがそんな父を尊敬しています。そして私自身が自分の半生を振り返ることで見えてきたのは、父が食にこだわり続けたのは、悲惨な戦を体験しただけに、戦よりも人々を幸せにできる基本的な喜びを、屋台の営みを通して、家族を養いながら守り通したかったのではないかということでした。

台湾での葬儀は旧暦の日にちを見てお通夜、お葬式と華やかに故人を送り出すのですが、コロナ禍でもあり、三密をさけて質素に式を執《と》り行うことになりました。それでも、台湾では冠婚葬祭などに手厚く温情を示して下さる風習があり、近隣の方々のご理解とともに、告別式までの十日間のあいだに多くの方々が訪れてお心のこもったお悔やみをいただいたようで、長くて深い人情に私たち家族全員が気持ちを一つにして感謝を抱いています。

帰れない私のために実家からＬＩＮＥで送られてくる写真に、蔡英文総統をはじめ要人などの偉い方々からの色とりどりに飾られた立派な花籠が道を挟んでずらっと飾られているのには驚きました。台湾での献花は日本の白を中心にした落ち着いた色合いではなく、赤や黄色などさまざまな色使いで飾られます。

苦難な時代をのりこえ、身分が低かったとはいえ、まがりなりにも軍人として台湾のために働き、百歳まで生きてきた父を国も大事に思ってくれた証と、弟妹たちと共に感無量の気持ちでいます。一生懸命生きていればこんなこともあるのですね。派手なことを嫌う父でしたが、まさか総統からお花を頂けるとは思ってもいなかったと思うので、天国できっとまた巡り合った母や祖母と一緒に喜んでいるかもしれません。

お葬式まではお線香を絶やさないように子どもや孫たちが見守り、紙で蓮の花をつくり、向こうで使うお金の元宝《げんぽう》を作って飾ります。

そして葬儀の日は参列できない私のためにリモートで中継をしてもらい、父を遠くからですがお見送りすることができました。今の社会の一つの恩恵ともいえますね。お経が流れるあいだ中、父の死を悼むかのように雨が降り注いでいたようです。長女の私が帰ることが叶わず、何一つ手伝うこともできず無念極まりないのですが、一つ一つの細やかな式を滞り無く務めてくれた弟妹や甥姪に感謝しています。

コロナ禍が収まったあかつきには父のお墓参りをしたいと思います。それからもう一つの約束なのですが、私が渡航できるようになるまで、甥の結婚の挙式を待ってくれています。甥っ子たちが私を大切に思ってくれている気持ちが何よりも嬉しいです。

父が亡くなって弟妹と連絡を取り合ううちにいろいろな話が出てきました。こんなことを書くと父の尊厳を傷付けるかもしれませんが、これも時代の証言として残しておいてもいいかもしれないと思い書くことにしました。私はすでに日本に嫁いでいたので妹から聞いたお話です。

それは二〇〇八年、台湾の政権が中華民國・國民党の馬英九総統になり二〇〇九年に三通という「通商、通航、通郵」として中華人民共和國と中華民國（台湾）間の交流が叶い、父が河南省の故郷に帰ることができるようになった頃のこと、父は実家に帰るたびにパリッと新調したスーツにネクタイを締め、腕時計をしてピカピカの革靴を履いて装い、兄弟や親戚の人たちに食料や電化製品、その他さまざまなお土産を手にして出かけたそうなのです。そしてしばらくして台湾に戻ってくると、身ぐるみを剥がされたようなよれよれの服装で、足には布の靴を履いていたのだとか。そんな状態を何度か繰り返すうちに、どうやら女性を紹介され、その人のために家を買ってあげたというのです。母はすでに亡くなっていたので、独身の父を責めることはできませんが、父が蓄財できたのは父だけの力ではなく、母や私たち子どもが稼いだお金をみんな父に渡して管理してもらっていたので、それを使い込んでいたことが分かった時の妹の無念たるや……と言っても、今となっては弟妹たちと父の思い出話を盛り上げる一つのエピソードになってしまいました。

父は戦後を迎え、貯めていた紙幣の価値がまったく無くなるという時代に遭遇し、稼いだお金を全て金《きん》に替えていました。何度か泥棒に盗まれたこともあったのですが、その価値観は変わることなく根強い信仰のような気持ちがあったようです。

そのような精神は私たち子どもたちに息づいているように思います。例えば私がいくつになってもいろいろなことにチャレンジしてみたいと思うのは、自分の身につけたことは誰にも奪えない自分だけのものであり、これからもそれは何かに役立てていけると確信しているからです。金にはならずとも置かれた場所で光となって輝ければと思っています。

そして夫が一生懸命働いて稼いでくれたお金は、惜しみなく子どもたちの教育に注ぎました。それが子どもたちにとっての血となり肉となって、豊かな人生をこれからも歩んでいってほしいと心から願うからです。

最終章

夢をあきらめない

私は犬や猫を飼って可愛がるよりもとにかく人が好きで、人と親しくなるためにずうずうしいと思われるかもしれませんが、努力を惜しまないタイプと自認しています。今までの人生で多くの方々とご縁をいただき、年月の積み重ねによって、人と人との繋がりもより深くなってきたように思います。最近は身の回りのものを少なくしていく断捨離という言葉が流行っていますが、これには疑問を感じています。その言葉に乗せられ、捨てなくてもいいものまでどんどん捨てられているような光景を目にすることがあります。

私が育ってきた環境はもったいない精神の時代でした。食料でもまだ食べられるものが廃棄されているのを目にすると心が痛みます。世界中では内戦により多くの難民が飢えで苦しんでいるといわれています。また豊かだと思っている日本でも、格差社会が広がり食べるものが無くて飢えている子どもがいることを短大で学びました。問題は子どもたちだけでなく、年寄りだからと邪険にされることも見聞きして、実際に体験するようになってきました。年寄りの知恵は泉の如く広くて深くて豊かなことを、もっと声を大にして伝えてもいいのではないでしょうか。物も人も生きていくために必要な資源と考え、なるべく使えるものは使った方がいいと思うのです。最も使われていないのがお年寄りかもしれません。知らないことは年長者にお伺いして、その方の身に着けた知識を習います。年齢と共に確実に体力は衰えていきますので、力仕事などできないことは気軽に若者に頼めればどんなに救われることでしょう。

この気軽さが日本の社会に足りなくなっていることのように思えます。人と人が裸の付き合いをすることで、愚痴を言ったり聞いてもらったりできれば些細な悩みは吹き飛ばせます。少し強く出るとパワハラと非難されますが口喧嘩をしても、すぐに仲直りできるような打たれ強さを身につけることも、人が大きく成長するために必要なことと思うのです。自分が経験できないことを仲間から聞くことで知識が豊富になり、人との付き合いによって真剣な生存術を伝授させていただけるように思います。また、話には嘘と真実がないまぜになっていることも多々あるかもしれませんが、あとは何かがあったときは、物事を判断するのはそれぞれの家庭の育った環境であり、個々の教養の本質が問われるわけで、そのために人は学び続けなくてはなりません。人間関係が築きあげられないでいると、孤立無援の立場になっていくように思うのです。それは日本という国や私の生まれ育った台湾、それをとりまく世界の国々にまで及ぶ話に繋がっていくことなのかもしれませんね。学びを深めるほどに、人自体が豊かな資源になると思います。

六十代半ばを過ぎると、体力や気力の衰えは否めませんが、まだ、何かができそうです。やってみたいと思うことが、まだたくさんあります。私は人が好きなので、人と人を結びつけ、交流できる場所を作るという夢をひそかに抱いています。これまで親しくしていただいていた方はもちろん、これから新しく出会える方も一緒にお茶を飲みながらお話しましょうね。

付録

《二〇一八年短大入学時の願望》

一、私が最も力を入れて取り組みたいことは調理です。安全で栄養バランスの良い食事を作り、いつまでも健康に生活したいです。

二、調理の仕事をしていて、より一層その方面の学問を深めたいと考え、志望しました。

三、生活習慣病についてより深く学び、糖尿病などにかかった人に対して、ゆくゆくは栄養指導を行いたいと思います。

四、栄養士としての仕事を考えています。

五、調理師専門学校を卒業後、モロッコ王国大使公邸で調理の仕事をしました。フランス料理、セッティングとひととおりのテーブルマナーなどを仕事を通してできるようになりました。現在もホテルで仕事を頑張っており、何事も真剣に取り組んでいます。色々と大変かもしれませんが負けずに乗り越えて行きたいと思います。

《二〇一八年短大入学小論文》
「食の改善に向けて」

世の中が便利になり、食事も外食やコンビニやスーパーに行けばなんでもそろっているので、自分で作らなくても食べることができます。しかし調理をしてきた私には、身近な材料とちょっとした手間で、健康的な食事が作れるのに、と残念に思います。手のこんだ物でなくても、シンプルで体に良いものが作れるのだから、保存料や食品添加物まみれの食事にしたくないものです。それにはほんの少し調理のやり方を皆が学ぶ機会があると良いと思います。私は食育の大切さを痛感しています。

台湾では医食同源が古来からの基本的な考え方でした。私が生まれた一九五〇年代は食糧が不足しており、食物に対しての「もったいない」精神が、自然に身についていました。もちろん高級料理は口にしたことはありませんでした。いつも素朴な旬の食材と味付けばかりの食事でした。健康診断などを受ける必要もなく、また当時病院は少なく、生活習慣病とも無縁な暮らしをしてきました。

最近、ニュースで生活習慣病、なかでも糖尿病患者が増加し、その予備群も一千万人を突破したと聞き、食事と食育の大切さを感じました。食料自給率もおよそ四十パーセントと低く、食品ロスも大きい日本では、もっと食物について真剣に取り組み、地産地消を心がけて行けたらと思います、そして、これからの長寿社会を生きていくためには、規則正しく栄養バランスの良い食事を心がけ、健康に年を重ねたいと思います。

《保健介護福祉論のレポート》

「老後の資金に二千万円必要とされることについて」

老後に生活するための資金がひとり二千万円ほど必要という試算が出されたが、到底及ばないその金額に眩暈がしそうになり、自分の老後はいつからなのだろうかと思うと不安になる。一般的には制度で決められた定年とされる六十五歳からといえるかもしれないが、キャリアを認められ賃金は少なくなるが違う部所などで引き続き働いている人や、パートやアルバイトなどで働き続けている人は老後という感覚は少ないかもしれない。

老後の資金が十分でない人たちの中で、年をとっても体力と働く場所があれば収入を得ることができるが、ＮＨＫで取材されていたように、病気になり身体が不自由になって働けなくなったり、伴侶が亡くなったり、子どものいない人や、子どもがいても自分たちの生活に追われ、年老いた親の面倒をみて貰えない寄る辺のない人たちにとっては、頼れるのは地域の福祉となるが、低額の介護施設にはなかなか入れず、期間限定の施設をたらいまわしされる現実に胸を痛める。

また年金や貯蓄で暮らしていけない人が生活保護で足りない分の補填を受けるためには、思い出の詰まった持ち家などの財産を持っていてはならないことも悲しいことである。

憲法二十五条　すべて国民は健康で文化的な最低限度の生活を営む権利を有する。

国は、すべての国民の生活部面について、社会福祉、社会保障及び公衆衛生の向上及び増進に努めなければならない。

とあるが、高齢化社会が進む日本において、国がすべての国民の健康で文化的な最低限度の生活を保障するとなると、莫大な国家予算が必要になるだろうが、低額で入れる介護施設の充実は切望される案件ではある。

そしてまた、病院や施設に入らず、なるべく人の世話にならず、最後は自分の家で迎えたいという人の意見をよく耳にする。そのためには子どもの頃から人生設計についての関心や、基礎知識として何が身体に必要なものなのか、ひとりひとりが食育への関心を高め、運動などで健康的な身体造りをして、病気にならないよう、医療費が嵩まないように根本的な生活習慣を整え、介護予防のための暮らしを身につけておくことが最も大切なことのように思う。

それから年をとって働くというと大変と思う人も、何か人の役に立つようなことをするとポイントとして溜めることができ、自分が動けなくなった時にそのポイントを使うことができるようなシステムがあれば、金銭の不安がなくなり、老後を有効活用でき、安心という心の平穏が得られるのではないだろうか。

「お腹いっぱい食べたい」

先ごろ小惑星探査機のはやぶさ2が宇宙に飛び、小惑星のリュウグウのサンプルリターンを行ったニュースに沸いた。目を見張るほどの科学技術が発達した日本においいて、一方で食事も満足に摂れない子どもたちが多くいる現状に、矛盾した社会構造を見る思いがする。私が生れたのは一九五〇年代の台湾で、その頃は今の日本よりもずっと貧しかったが、子どもが食事を摂れないというようなことは無く、近隣や地域の人々との結びつきが強く、相互扶助により助け合いながら生活していたと記憶する。かつての日本もそのような暮らしがあったと聞く。

現代の日本は大家族から核家族の生活になり、住まいもそれにつれ孤立化し、近隣との付き合いが希薄になり、地域社会との繋がりが断たれ、個々のプライバシー意識の高まりと相まって、さらに孤独化する社会の中で、貧困な家庭では他人や行政からの支援を拒否するような親も居り、子どもの貧困が見えないこともあると聞く。そんな子どもたちが身近にいることなど知るよしもなく生活している人が多いのではないだろうか。今年、コロナウイルス禍の時代になりますます格差社会が広がっていくのではないかと思われる。

貧困の原因として考えられるのは、親が仕事をしていない、していてもパートやアルバイトなどの非正規雇用の仕事で、定収入では無いなどが挙げられる。また未婚や離婚により、ひとり親の家庭における貧困率が高くなっており、特に母子家庭の貧困が増えているとの二〇一八年内閣府の報告を読んだ。子育てをしながら働く大変さがあり、なかなか定職に付けず、貧困が貧困を呼ぶ負の連鎖に陥っている家庭のために、給食の無料化や、子供向け食堂は、きめ細やかな社会支援になっていると思う。無料化になった余剰金でおかずが増えたというのも細やかではあるが、豊かな暮らしの第一歩と捉えたい。また、子供向け食堂では育ち盛りの子どもたちが、栄養のバランスのある温かい食事を皆と共に美味しそうに食べる姿に、私も心が暖まる思いで映像を見ていた。また、食べることだけでなく、食事の準備などを子どもたちが手伝うことで生活の基本を学び、身につける場となっていることもとても大きな役割を担っているると思った。

貧困の現状を国民が理解し、地域社会の相互扶助の心を呼び起こすような情報が必要であり、子どもは親だけで育つのではなく、将来の日本を担う子どもたちを育てるという大人の意識と、社会全体の寛容が必要だと思う。

《今田美奈子先生とアンティーク》

モロッコ大使館公邸で働いていた時に、ヨーロッパ各地の国立製菓学校やホテル学校で学び、食卓芸術サロンを営まれ、ヨーロッパのテーブルマナーを教えておられる今田美奈子先生が教室のカリキュラムの一環として生徒さんを十数名お連れになり、公邸でのテーブルマナーについての講習をされたことがありました。その時に私も仕事の合間に先生のお話を伺いました。当時の私はお茶やお花の作法は習っていましたが、西洋のパーティでの礼儀作法をよく知らなかったので、勤め先のモロッコ王国大使館公邸での仕事に生かせるのではないかと思い、学びたい一心で、早速、新宿高島屋の4階にある今田先生のテーブルマナー教室に二年間ほど通いました。こちらには日本の政治家や財界の夫人が世界に通用するマナー（プロトコル）を学びに来られ、夫の社交に活用されているようでした。

　そこのサロン形式の学びの場で出されるアンティークの食器や茶器に触れ、すっかりそのかわいらしさや美しさに惹かれてしまい、自分でもどうしても欲しくなって主に西洋陶磁器の小さな蓋物を集め始めました。何の知識も持っていなかったので、最初はいろいろなお店を巡り歩き、店主に伺いながら勉強をしました。今からちょうど十年前になるでしょうか、特に私の生活範囲の中でもある成城学園前駅にアンティークのお店がオープンしたばかり。そのお店 TAI'S COLLECTION のオーナー土屋泰子さんがとても親しみやすく、一から西欧骨董について、陶器や磁器、美術品について教わりながら、気に入ったものを少しずつ手に入れていきました。特にマイセンやヘレンド、ウィーンのアルガウデンの白い磁器に描かれた花々や鳥の繊細さと巧みな色彩にはため息がでるほど魅惑的。そしてティーカップやソーサー・ボンボニエール・繊細なレースのテーブルクロス・置物等々。古いものも今のものも入り混じっていますが、自分が可愛くて素敵だなと思ったものを選んで手に入れ、仕事に疲れた時にそれらを手のひらに乗せ眺めていると、その美しさに心がほぐれ、明日への活力を得ることができるのです。実は私の稼ぎのほとんどをこれに使い込んでしまったのですけれど……。

小さくてかわいらしいコレクションに触れながら、子どもの頃、将校の家に遊びに行った時に見せていただいた美しくきらきらと輝いていた食器が、幼心の記憶に焼き付いていて、大人になった今に呼び起こされたのかもしれないと思うことがあります。

また、調理師専門学校の卒業研修旅行で行ったフランスを思い出したりして、自分の培ってきた経験が積み重なり、ひとつとして無駄なく今に至る不思議な繋がりを思うのでした。

もともと物怖じをしない私ですが、こうして学んだことが自信につながることで、不思議と公邸の仕事もスムーズにできるようになっていったように思います。そして、さまざまな陶磁器やカトラリーを収集し始めた頃からずっと抱いている夢ですが、それを活かしてゆっくりとお茶ができるような癒しの場を作りたいと考えています。いつか近い将来、実現できる日を夢見ています。

＊アンティークと言われるものは百年を経たもの、ヴィンテージと呼ばれるものは百年は経っていないけれど上質なもののこと。私の集めたもののどれぐらいがそれに入るのか実際には分かりませんが、私にとってはどれもかわいい子たちです。

＊ボンボニエール：手のひらに乗る小さな蓋物の器で、香合に似ています。日本では皇室のお祝い事の引き出物として使われており、中には金平糖が入っています。本来は砂糖菓子入れですが、自分の好きなものをいれて楽しめます。

「磁器食器から西洋の芸術文化を垣間見る」

十六世紀のイタリアでルネサンス芸術が花開いた頃、その芸術を下支えしたのが商人のメディチ家の財力。メディチ家の娘カトリーヌ・ド・メディシスがフランスのアンリ2世に嫁ぐ際に食器や銀にきらめくフォークを輿入れに持って行き、フランスの宮廷の饗宴のマナーを培うさきがけとなったそうです。イタリアにランピーニ窯があり、磁器よりも温かみのある白い肌あいの錫釉陶器を作っています。

西欧の磁器は十七世紀初頭、中国の景徳鎮の磁器や日本の伊万里焼きが人気を博し、ヨーロッパの各地でカオリンという磁器を作るための粘土が発見されて以来、東洋的な模様の模倣から次第に西洋的な薔薇などの花をあしらったモダンな絵付けのものが生まれていきます。

代表的なのが有名な東ドイツのマイセン磁器ですが、ドイツ第二の古窯でもあるヘキスト窯、ほかにスイスのランゲンタール窯、ウィーンのアウガルテン窯、フランスのセーヴル窯、イギリスのウエッジウッド窯、ミントン窯などがあり、貴族の援助の元、それぞれ好みのモダンな磁器が焼かれるようになり、今の西洋食器に繋がっていきます。

なかでも十八世紀の後半、ルイ16世に嫁ぎフランス革命において断頭台の露と消えた悲劇の王妃マリー・アントワネットを芸術文化から見た時にヨーロッパ社会の美意識を高めた王妃として捉えると、何ともいえない哀しさに包まれ、今に残る美しい食器や美味しいお菓子に感謝さえしたくなります。アントワネットはクグロフというお菓子が好きだったようで、一般的に食べられる素朴なお菓子だったのだそうです。それにラム酒やキルシュを浸しクリームや果物で飾り付けるとサヴァランというお菓子になります。私は今田先生の教室でこのお菓子と出会いすっかりファンになりました。初めてのケーキ屋さんで食べるときは必ずサヴァランを食べてみます。するとそのお店のこだわりを感じるように思えるのです。

西洋ではもともとは手掴みで料理を食べていたそうですがスプーンやナイフやフォークのカトラリーを使って食べるようになり、カトラリーにオリジナルの刻印を入れることで自分たちの美意識の高さを競い、宮廷や貴族社会の中でマナーが確立していき、国ごとのテーブルマナーがあっても、正式な場での共通のプロトコルを身につけることで宴席をもりあげ、スムーズな外交に繋がるようになっていったのだそうです。

中国や日本ではお箸の文化が古くから発達していたわけですが、日本では塗りの自分専用のお箸のほかに、割り箸という独自のお箸文化があり、ただ一度しか使われない割り箸に、日本人の食に対する潔癖で神聖をみる思いがします。また、お箸の持ち方・使い方に家のしつけが行き届いているかを見られ、誰もが美しく食べるという意識の高さが、今田美奈子先生のテーブルマナー教室の人気の下支えをしていて、プロトコルへの関心にも繋がっているように思いました。

このような学びが何かに役立てる日を願いつつ、これからもいくつになっても精進していければと思います。

あとがき

この本を出すきっかけとなったのは、十数年ほど前にそしがや温泉21という黒湯の温泉銭湯で知り合った方と仲良くなったことでした。日ごろから出会った人となるべく挨拶を交わして話しかけることを心掛けていています。銭湯は年代層が幅広く様々な人と知り合え、話ができるよい社交場で、豊富な日本語や人生を学ぶには絶好の場所といえます。その方とも最初は挨拶をする程度でしたが、ちょうど時間帯が重なって出くわしたときなど、帰る方向が同じなので祖師谷大蔵の商店街を歩きながら身めぐりのことなどを少しずつ話すようになり、次第に親しくなっていきました。そして、私が短大に入り勉強をしていることに興味を持ってくれて、栄養士取得の追い込みの際には、論文のアドバイスをもらったこともありました。その後、これから私は何をしようかと考えていた際に、私の人生の奮闘記を書いてみたいと思ったのです。しかし、私が直接日本語で文章を整えるのは難しいので、その方に相談に乗っていただきながら何度も話を聞いてもらい、文章を組み立てていきました。

子どもの頃の記憶を手繰り寄せていると、すっかり忘れていたことが呼び起こされました。今となってはその頃とは全く違った姿に変貌し、その片鱗も無くなってしまったような台湾の景色ですが、その向こう側に、祖母や両親、弟妹たち家族とともに厳しくも仲良く暮らしていた風景がよみがえり、とても懐かしい気持ちになりました。それから日本人の夫に嫁ぎ、来日してからの生活は、言葉も分からず環境の違いに戸惑う生活のあれこれもが、走馬灯のように思い出されました。その頃は一生懸命で苦労とは思っていなかったのですが、言葉にして文章になると、頑張ってきたのだなあと改めて様々な感情が沸き上がってきました。また、不安で押しつぶされそうな時に、家族や友達や職場の人たちに支えられ、今日があるのだと改めて感じ、お世話になった方々への感謝の気持ちもこの文章のなかで表現できていれば幸いです。

二〇二〇年の春先よりコロナ禍の時代となり、今までのように自由に世界を旅することが難しくなってしまいましたが、また何の憂いもなく人々が行き来できるよう祈る日々が続いています。それに追い打ちをかけるように、二〇二二年からのロシアのウクライナ侵攻や、中国との関係がより厳しくなってきているように感じられる台湾情勢があります。国際結婚をして日本に嫁いできた私には胸を切り裂かれるような切実な思いでニュースを見ているのですが、世界の人たちが真に安心して平和に幸せに暮らせるようにと心から願っています。

いよいよこの文章を本にしようと具体的に動きだした時に、また、ここの温泉で知り合った出版社にお勤めと伺っていた方にご相談したところ、自伝なら齋藤一郎さんの遊友出版が良いとご紹介いただき、どうにか具体的に出版に至ることができました。こうしてみますと、そしがや温泉21で、それこそ裸のお付き合いが大きなきっかけとなった不思議なご縁に感謝するばかりです。工作舎の十川治江さん、中国語を学んだ中古苑生さんのアドバイスや、文章をまとめていただいた荒井公子さん、本当にありがとうございました。

それから、この本を出すに当たってご相談に応じていただいた大学の先輩の泉山衿花さん（衿花さんにはコレクションの撮影もご担当いただきました）、職場の大倉正信さん、シェフ高橋哲治郎さん、元モロッコ王国日本大使夫人のアルールうたこさん、森部信次さん、そうして素敵な一冊の本に作り上げてくださった遊友出版の齋藤一郎さん、髙橋文也さん、改めまして御礼を申し上げます。ありがとうございました。

二〇二三年　四月　伊藤桂枝

〈器コレクション〉

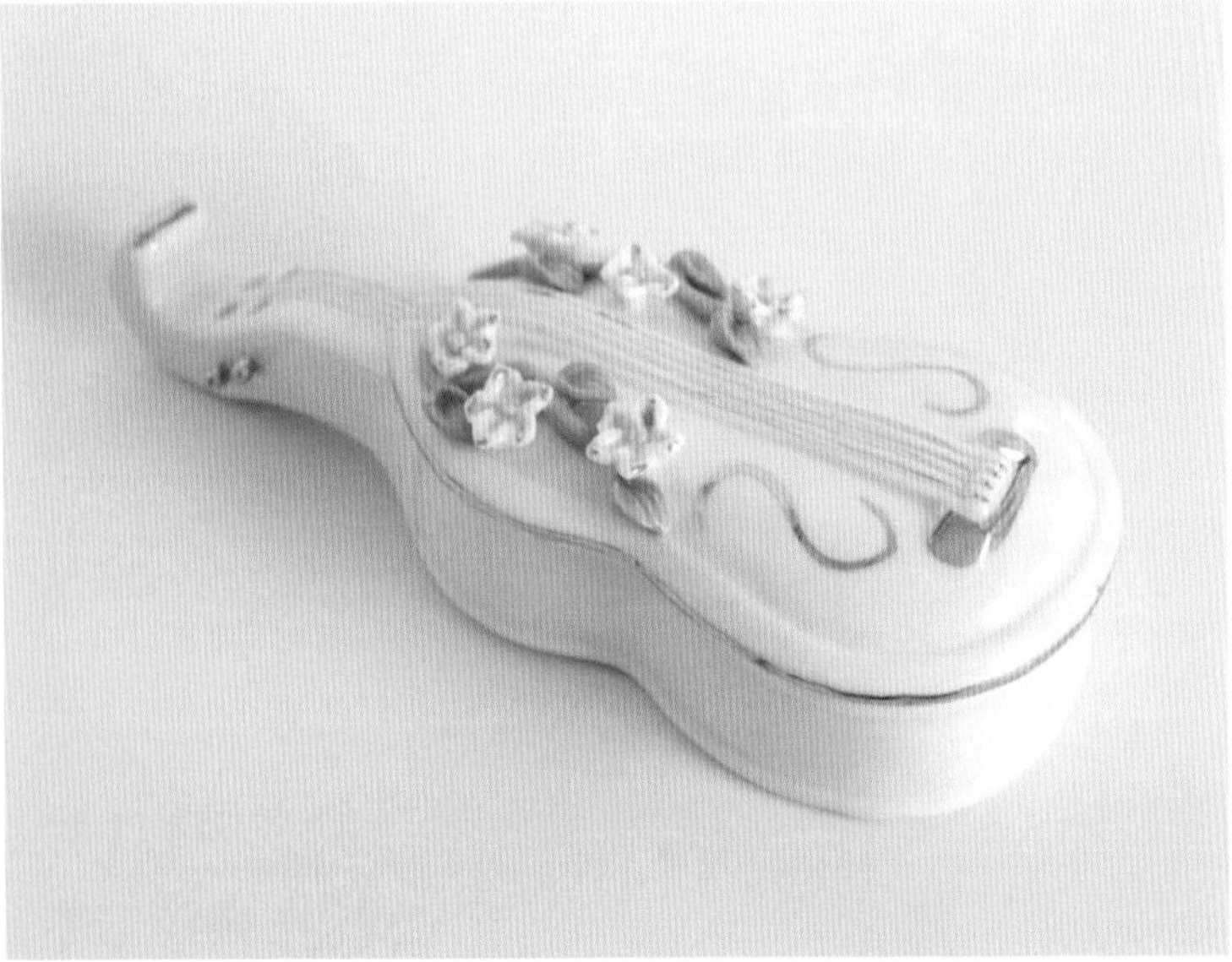

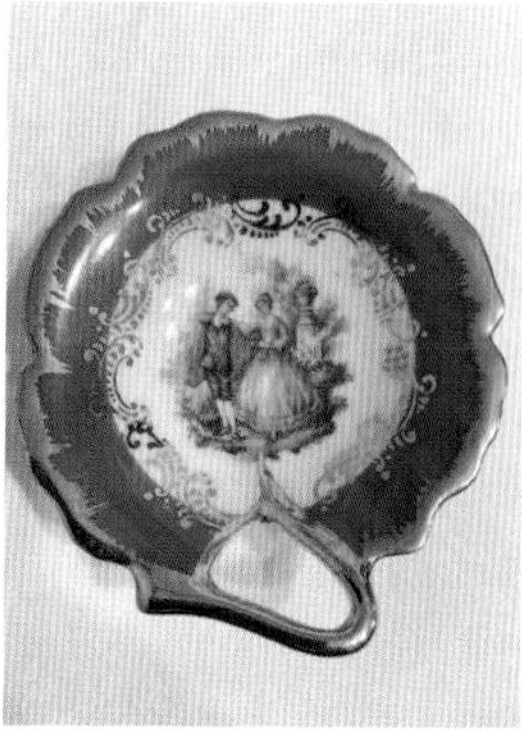

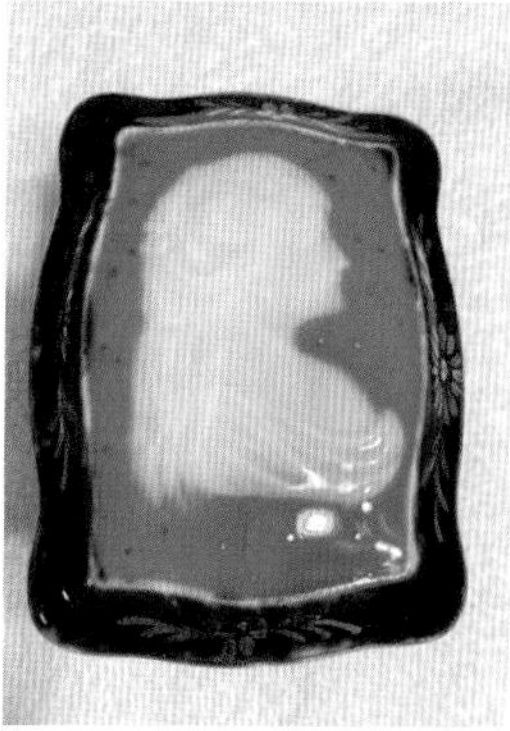

私の栄養学

―台湾から嫁いで四十年―

二〇二三年五月二七日　第一刷発行

著　者　伊藤 桂枝
発行者　齋藤 一郎
編集者　荒井 公子
組　版　髙橋 文也
発行所　遊友出版 株式会社
〒一〇一―〇〇六一
東京都千代田区神田三崎町二―一二―七
ＴＥＬ ○三―三二八八―一六九六
ＦＡＸ ○三―三二八八―一六九七
振替　00100―4―54126
http://www.yuyu-books.jp/

印刷製本　株式会社 シナノ

落丁・乱丁の際はお取り換えいたします。小社までお送りください。

© ITO KEISHI 2023

ISBN 978-4-946510-65-6